Knaur

Originalausgabe 1989

Umschlaggestaltung Adolf Bachmann
Umschlagfoto Eva Lindenburger/Silvestris
Satz MPM, Reitmehring
Druck und Bindung Ebner Ulm
Printed in Germany 5 4 3 2 1
ISBN 3-426-07799-X

Petra Lieckfeld:

Wie man mit »Zucker« leben kann

Praktische Tips für Diabetiker

Knaur®

Inhaltsverzeichnis

Einleitung

Einmal nur, den Morgen im Rücken und den Abend vor mir, ziel- und planlos durch Südamerika driften! Unbeschwert und besinnungslos reinhauen in Eisbomben, Pizza und knusprig gebräunte Schweinekruste, ohne an so etwas Fades wie »Broteinheiten« (BE) zu denken.

Einmal ganz ohne den Gedanken an die Folgen . . . So und ähnlich entspinnen sich die Tagträume von Zuckerkranken.

Dieses Buch handelt auch und gerade von der Kunst, mit der Krankheit zu leben — was nicht heißt, sich ihr zu ergeben.

Die Arbeit an diesem Buch hat mich, seit meinem 7. Lebensjahr zuckerkrank, immer wieder an Stationen meines Lebens geführt, die ich »über-lebt« habe: überlebt im Sinne von »davongekommen« und von »drüber hinweg gelebt«, vergessen im Strom der alltäglichen Ereignisse.

Als es in diesem Buch um diabetisches Koma ging, sah ich mich wieder auf der Intensivstation des Städtischen Krankenhauses in Oldenburg, hilflos, von Quasi-Todeserlebnissen bedrängt.

Ich sah wieder meine zweijährige, gesunde Tochter Lena, der ich angstvoll zuschaue: Schon drei Gläser Orangensaft und noch immer Durst? Ist nicht unkontrollierter Durst ein erstes Zeichen . . .?

Erstmals vorm Spiegel mit dieser Insulin-Pumpe am Gürtel, die mir klobiger erschien, als sie tatsächlich war. Sind das nun freundliche Lügen meiner Mitmenschen, wenn sie mir versichern, daß man das Ding gar nicht sieht?

Dieses Buch — und das ist wichtig, nur das rechtfertigt es — ist aus der Erfahrung geschrieben, daß Zuckerkrankheit nicht nur Drohung, sondern auch Chance ist.
Wer es schafft, sich richtig »einzustellen«, kann mit dem Handicap fehlender oder mangelnder körpereigener Insulinproduktion gesünder — weil bewußter! — leben als etliche »Gesunde«.
Zuckerkrankheit zwingt einen zur Sensibilität, fordert einen täglich auf, Signale des Körpers zu registrieren und richtig zu deuten. Zuckerkrankheit bestraft Schlamperei.
Sie gibt Freiheit, wenn man sich an bestimmte Spielregeln hält. Ich habe häufig das Gefühl gehabt, die Krankheit fordert eine Gratwanderung von mir: Einerseits muß ich ihr genügend Aufmerksamkeit schenken, andererseits darf sie nicht zum Lebensinhalt werden. Voraussetzung dafür, die Krankheit als Chance nutzen zu können, ist Wissen: kein lexikalisches, akademisches, abgehobenes, sondern praktisches.

In dem Maße, wie die Sicherheit wächst, mit Krisensituationen fertig werden zu können, wachsen Mut und positives Lebensgefühl.
Ich habe ein Handicap — aber das Handicap hat nicht mich.

Die Drüse, die mitdenkt

»Einen Mangel kann man nur verstehen, wenn man die Normalsituation versteht.«

Was kann die Bauchspeicheldrüse?

Einen Mangel kann man nur begreifen, wenn man die Normalsituation versteht.
Wie also funktioniert beim gesunden Menschen die Bauchspeicheldrüse, was bewirken die Hormone, die auch der Laie im Zusammenhang mit Zuckerkrankheit kennt, Insulin und Glucagon?
Die Bauchspeicheldrüse (Pankreas), ein nur 15 bis 22 Zentimeter langes Organ, ist für die Verarbeitung der Nahrung unentbehrlich: Täglich produziert sie etwa einen Liter Bauchspeichel, der über den Pankreasgang in den Zwölffingerdarm gelangt. Dort zerlegen die Enzyme (hochwirksame Verdauungssubstanzen) von Bauchspeichel und Darmsaft die im Magen vorverdaute Nahrung. Sie machen sie für den Körper verfügbar.

Doch die Bauchspeicheldrüse kann mehr: Sie bildet zwei Hormone, Insulin und Glucagon, die direkt ins Blut abgegeben werden. Nennen wir sie vorläufig und vereinfachend »Boten«, die Befehle vermitteln, was mit der gelösten Nahrung im Blut zu geschehen hat.
Der erste Befehl wird »fällig«, wenn die Nahrung im Magen verdaut worden ist. Verdaut heißt: wenn die Kohlenhydrate im Darm zu einer Spezialform des Zuckers, zu Glucose, aufgespalten und vom Blutstrom aufgenommen worden sind.

Der Glucosespiegel im Blut steigt, was die gesunde (!) Bauchspeicheldrüse veranlaßt, den »Boten«-Stoff Insulin auszuschütten. Seine Botschaft lautet: Zellmembranen durchlässig machen, damit der »Treibstoff« (Glucose) dorthin gelangen kann, wo er gebraucht wird, zum Beispiel ins Muskelgewebe.

Mit anderen Worten: erhöhter Blutzuckerspiegel alarmiert die Bauchspeicheldrüse — sie liefert *den* Stoff (Insulin), der den Zucker aus dem Blutstrom in Muskelgewebe und Organe »abfließen« läßt.

Aber nicht nur dorthin: Blutzucker, der nicht sofort, etwa als »Brennmaterial« für körperliche Anstrengung, verheizt wird, kann der Körper als Reserve in der Leber und in den Muskeln deponieren. In diesem »lagerfähigen« Zustand heißt der Zucker Glykogen. Aber das Fassungsvermögen der Leber und der Muskeln ist begrenzt. Was sie nicht mehr aufnehmen können, wird als Körperfett gespeichert.

Diese Vorratshaltung ist hochnotwendig. Das Gehirn und Teile des Nervensystems reagieren nämlich höchst empfindlich auf Glucosemangel. Daher braucht der Körper ein Depot, um der »Steuerzentrale«, dem Gehirn, Glucose-Engpässe zu ersparen. Die nämlich sind genauso gefährlich wie Sauerstoffnot. Bei Bedarf wird Glykogen abgerufen. Allerdings nutzt dem Körper der Zucker in dieser »Lagerform« (Glykogen) nichts.

Und hier nun braucht es die zweite Fähigkeit der Bauchspeicheldrüse: Sie kann nicht nur, wie dargelegt, Insulin produzieren — also den Stoff, der Blutzucker in die Zellen gelangen läßt.
Sie kann auch den Stoff ausschütten, der das Glykogen der Leber wieder zum Treibstoff Glucose zurückverwandelt. Dieser zweite Botenstoff, der die Rückwandlung des »Lagerzuckers« (Glykogen) in Gebrauchszucker (Glucose) bewirkt, heißt Glucagon. Er ist gewissermaßen das Pendant, der Gegenspieler, zum Insulin.

Fazit:
Verdaute Nahrung bewirkt erhöhten Blutzucker — bildlich gesprochen wird der Blut- zum Nährstrom. Zucker, der nicht sofort verbraucht wird, um den Organismus am Leben zu halten, wird in die Leber und in die Muskeln eingelagert. »Lagerfähig« ist er aber nicht in seiner Verbrauchsform, nicht als Glucose. Er muß erst in Glykogen umgewandelt werden. Das Organ, welches die »Befehlsgeber« (Insulin und Glucagon) zur jeweils nötigen Zuckerumwandlung produziert, ist die Bauchspeicheldrüse.

Die verschiedenen Formen des Diabetes

Die Fehlfunktionen — Diabetes Typ I und Typ II

Wenn die (Langerhansschen) Inseln trocken fallen (Typ-I-Diabetes: Was geschieht im Körper?)

Es begann damit, daß der agile sechsjährige Florian schon nach der ersten Tageshälfte müde und mürrisch wurde. Als sein Durst und sein Appetit jedes normale Maß sprengten und Florian nachts drei- bis viermal zum Klo schlurfte, klagte seine Mutter einer Freundin ihr Leid. Die dachte an nichts Beunruhigendes: Der Junge wächst halt schnell. Was sonst? Bei meinem war das auch so.

Florians Mutter nahm diese beruhigende Erklärung bereitwillig an, bis sie bemerkte, daß Florian, trotz überquellender Teller, abnahm. Anfälle von Übelkeit häuften sich, und Florians Mutter bemerkte auch einen seltsamen säuerlichen Mundgeruch.
Ein Besuch beim Kinderarzt schaffte Gewißheit: Florian hat Diabetes — Jugenddiabetes (Typ-I-Diabetes).
Ein bitterer Befund — der da nüchtern und emotionsfrei in die Krankenkartei eingetragen wird: Diabetes mellitus. So nennt man die Zuckerkrankheit im Fachjargon. Diabetes mellitus heißt übersetzt »Honigsüßes Hindurchfließen«. Die lyrische Bezeichnung meint etwas Banales: die Zuckerausscheidung im Urin. Die Pioniere der Diabetes-Diagnose scheuten sich nicht, mit Finger und Zunge der Krankheit auf den Grund zu gehen.

Was genau hat Florian nicht (mehr), das Gleichaltrige haben?

Normalerweise schwankt der Blutglucosespiegel — eingepegelt von Insulin und Nahrungsaufnahme — in engen Grenzen. Nach Mahlzeiten steigt er an, um dann langsam abzusinken. Anders beim zuckerkranken Menschen: Bei ihm ist die Glucose-Konzentration im Blut meist sehr hoch, eben weil ihm der

Schlüssel namens Insulin fehlt, der die Abführung der Glucose aus dem Blutstrom in die Zellen veranlaßt — dorthin, wo der »Treibstoff« benötigt wird. Die Zellen hungern — trotz eines Überangebotes an Glucose im Blut —, weil der Insulin-Schlüssel fehlt.

Die »Notlösung« für den Organismus des Erkrankten: Er greift auf die Fettreserven zurück; die nämlich sind auch ohne die Vermittlerrolle des Insulins verfügbar. Das ist der Grund, weshalb Florian trotz gewaltigen Appetits abnahm.

Allerdings hat die Notlösung noch Konsequenzen, die nicht so offensichtlich sind wie Gewichtsverlust — aber gefährlicher. Beim Abbau von Fett gibt es »Abfall«, sogenannte Ketonkörper. Ein Bestandteil dieser Abbauprodukte ist Aceton.

Wenn der Organismus seinen Energiebedarf nur noch aus dem körpereigenen Fett decken kann, konzentrieren sich diese Abbauprodukte so stark, daß das Blut übersäuert und vergiftet wird.

Der Körper versucht eine naheliegende Lösung: Wie schon den für ihn nicht brauchbaren Zucker versucht er auch das giftige Aceton über den Harn loszuwerden.

Florians Übelkeit, seine Bauchschmerzen und auch der signifikante Obst-Mundgeruch sind Symptome für ein beginnendes »acetonämisches Koma«. Wäre Florians Jugenddiabetes nicht rechtzeitig erkannt worden, hätten sich die Symptome drastisch verstärkt: Schwierigkeiten beim Ausatmen (Kußmaulatmung) und schließlich Bewußtlosigkeit.

Symptome des Typ-I-Diabetes (Jugenddiabetes)

Jugenddiabetes tritt meist vor dem 40. Lebensjahr auf. Die insulinproduzierenden Zellen (sogenannte B-Zellen) der Bauchspeicheldrüse funktionieren nicht mehr. Der Kranke muß den Körper regelmäßig mit Insulin versorgen.

- Unerklärliche, ungewollte Gewichtsabnahme
- Leistungsminderung, Schlappheit, Mattigkeit
- Heißhungergefühl, starker Durst, nächtliches Wasserlassen
- Mundtrockenheit, nächtliche Krämpfe in den Waden, Juckreiz

Doch auch andere unerquickliche Dinge können den Beginn einer Diabetes signalisieren:

- häufig wiederkehrende Pilzerkrankungen der Haut, Furunkel
- Harnwegserkrankungen (vor allem bei Frauen)
- Verminderung der Sehleistung
- Zahnfleischentzündungen.

Viele dieser Symptome scheinen so alltäglich, daß erst zuallerletzt an Diabetes gedacht wird. Erst wenn sich Symptome häufen, testen viele Ärzte auf Zuckerkrankheit — unverständlich, da zumindest erste Grobtest-Methoden (siehe Seite 118) denkbar einfach durchzuführen sind.

Die Krankheit, die vom Teller kommt (Typ-II-Diabetes: Was geschieht im Körper?)

Gerda Bohm, 58 Jahre, war in jungen Jahren sportlich, nicht eben superschlank — »gut proportioniert«, sagte ihr Mann. Wie viele grundlegende Fehler sie in ihrem Leben gemacht hat, ist schwer zu sagen und letztendlich unerheblich. Der folgenreichste war vielleicht, daß sie Ehe und Kindern ein gut Teil ihrer geistigen Beweglichkeit opferte. Aus der Leseratte, der begeisterten Theatergängerin, wurde eine »Vollmutter«, die sich — auch das sei nicht verschwiegen — ihr Opfer für »die Ihren« selber hoch anrechnete.
Im selben Jahr, als das jüngste von drei Kindern das Haus verließ, starb ihr Mann.
Gerda Bohm war überfordert, die Leere war da, gähnte sie an, und nichts war griffbereit, um sie zu füllen.
Lesen war zu beschwerlich. Der Mann nicht mehr da, um sie ins Theater zu fahren. Freunde waren überwiegend Freunde des verstorbenen Mannes, die Kontakte starben mit ihm.

Gerda Bohm füllte die Leere mit kleinen Freuden. Kochbücher sind kurzweilig. Die Erfolgserlebnisse liegen auf der Hand, Pardon, auf dem Teller.
Aus der vollschlanken Frau wurde eine füllige Frau. Schließlich eine, die den Kampf gegen überzählige Pfunde aufgab. Der Erfolg war einfach nicht mehr zu sehen, auch nach der neuesten Wunderdiät nicht.

Kleine Wehwehchen nahm sie nicht ernst: Gerda Bohm war ihr Lebtag nie wehleidig. Erst als die Beschwerden beim Wasserlassen sich stetig verschlimmerten, suchte sie ihren Hausarzt auf. Der stellte nach entsprechenden Tests fest, daß keine Blasen-

entzündung vorlag. Die routinemäßige Harnuntersuchung dagegen offenbarte einen manifesten Befund: erhöhte Harnzuckerwerte.
Der Arzt tat das Naheliegende: Er testete den Blutzucker seiner Patientin. Der Wert, 205 Milligramm/Prozent stützte seinen Verdacht: Altersdiabetes (Typ-II-Diabetes).

Am Anfang war's die Seele

Die Frage nach Frau Bohms Eßverhalten brachte erst einmal ein diffuses Bild, überzeichnet von Scham und Schuldgefühl, Verdrängung und gestörter Selbstkontrolle. Immerhin: durchschnittlich drei Sahnestückchen pro Tag gab sie auf Anhieb zu, fünf bis sechs kleine »Leckerlis« zwischendurch reichte sie nach. »Man hat ja sonst nichts, worauf man sich freuen kann, wenn das Haus so leer ist.«

Um es klar zu sagen: Frau Bohm ist nicht an Einsamkeit erkrankt, sondern an ihren untauglichen Versuchen, damit fertig zu werden.

Ihre Krankheit unterscheidet sich vom Typ-I-Diabetes (Jugenddiabetes) in so vielerlei Hinsicht, daß sich die Fachwelt durchaus einen eigenen Namen hätte einfallen lassen können. Was sich im Körper der Patientin (wir haben bisher überwiegend ihre Seele und ihre sozialen Umstände betrachtet) abspielte, ist — bildlich gesprochen — der lange und schließlich vergebliche Kampf einer funktionsfähigen Bauchspeicheldrüse gegen ständig wachsende Anforderungen.

Die vielen — die zu vielen — Fettzellen wollen genau wie andere Körperzellen auch ihre notwendige Glucose-Ration haben. Diesen überzogenen Anforderungen kann die Bauchspeicheldrüse immer weniger entsprechen. Die überbeanspruchten insulinproduzierenden Zellen (B-Zellen) erlahmen.

Diese Entwicklung ist typisch. Seltener kommt es bei älteren Menschen, wie im Fall Florian, zum völligen Stopp der Insulinproduktion.

Symptome des Typ-II-Diabetes

Die Symptome des Typ-II-Diabetes (Altersdiabetes) ähneln denen des Typ-I-Diabetes (Jugenddiabetes).

Der Typ-II-Diabetes tritt selten vor dem 40. Lebensjahr auf. Anders als beim Typ-I-Diabetes muß kein Insulin gespritzt werden, da es sich oft nicht um einen Insulinmangel-Diabetes handelt. Meist genügt es schon, den übernatürlich hohen Insulinbedarf des Patienten auf ein bekömmliches Maß zu senken. Im Klartext: Der Patient muß deutlich abspecken (siehe Kapitel »Diät«).

- Leistungsabfall, Schlaffheit, Mattigkeit
- Heißhunger, unmäßig starker Durst, sehr häufiges Wasserlassen
- Mundtrockenheit, unerklärliche Schmerzen in den Beinen oder Armen
- Schlecht heilende Wunden
- Hautflechten und Furunkel, hartnäckig wiederkehrende Pilzinfektionen
- Bei Frauen oft Juckreiz in der Scheide

Am Anfang war das Insulin

Insulin — der steile Weg zum Medikament

Wir haben bisher — vereinfacht — das Arbeitsprinzip einer gesunden Bauchspeicheldrüse und die beiden großen Gruppen von Fehlfunktionen beschrieben, Typ-I- und Typ-II-Diabetes, früher Jugend- und Altersdiabetes genannt. (Im Zuge der Internationalisierung von Krankheitsbezeichnungen hat sich auch im Deutschen die Differenzierung nach »Typen« eingebürgert.)

Wenden wir uns dem Typ-I-Diabetes zu:

> Den Mangel erkennen, heißt zugleich, die *Strategie der Abhilfe* zu begreifen:
>
> Dem Typ-I-Diabetiker fehlt mit dem Insulin das körpereigene, sensibel reagierende Schlüssel- bzw. Auslösersystem; ihm fehlt das, was dem Gesunden erlaubt, mit dem im Blut gelösten Zucker jeweils sinnvoll zu verfahren.
>
> Die Idee muß also sein, »den Ersatz« so intelligent, wohldosiert und zum rechten Zeitpunkt zu verabreichen, daß im Idealfall die normale Funktion der Bauchspeicheldrüse des Gesunden *imitiert* wird.
> Das klingt, vom Prinzip her, einfach.

Die Geschichte der Diabetesbehandlung

Und doch ist diese scheinbar so simple Idee, das Fehlende zu ersetzen, verhältnismäßig spät geboren worden. Der »Harnruhr« — so der Name vor Entdeckung des Insulins — stand die Medizin lange Zeit ratlos gegenüber.

Ein kurzer Rückblick in die Geschichte der Diabetesbehandlung mag das illustrieren. Erst Ende des 19. Jahrhunderts begann man langsam zu verstehen, wodurch Symptome wie Abmagern und die sogenannte Harnflut hervorgerufen wurden. Noch zu Beginn dieses Jahrhunderts konnte eigentlich von Behandlung keine Rede sein. Es war ein Herumexperimentieren, das die Qualen der Kranken eher noch verschlimmerte. Sie mußten, obwohl sie bereits untergewichtig waren, hungern, um den überhöhten Blutzuckerspiegel zu senken. Nach Tagen der Null-Diät versuchte man sie mit verhältnismäßig viel Fett wieder zu kräftigen — denn Fett, soviel wußte man bereits, ist auch ohne Insulin für den Körper nutzbar (siehe S. 18). Zeitweilig mußten sie viel trinken, um über den Urin Zucker ausscheiden zu können.

Aber was immer man unternahm, die Kranken verloren weiter an Gewicht und wurden immer kraftloser. Die Behandlung war nicht mehr als ein Balanceakt, der den Tod bestenfalls für einige Zeit hinauszögerte. Die zunehmende Vergiftung des Organismus durch körpereigene Säuren (Aceton) führte schließlich zum Tod.

Insulin aus den Bauchspeicheldrüsen von Hunden

1921 endlich gelang es dem kanadischen Orthopäden Frederick Banting und dem amerikanischen Medizinstudenten Charles Best, das Hormon Insulin aus den Bauchspeicheldrüsen von Hunden zu isolieren. Die Entdeckung dieses Medikaments ermöglichte es überhaupt erst, Diabetes wirksam zu behandeln. Schon ein Jahr nach Bantings Pioniertat konnte das lebensrettende Medikament für die Behandlung der Zuckerkrankheit eingesetzt werden.

Der erste Erfolg

Der berühmte amerikanische Arzt Dr. E. P. Joslin hatte sich schon Jahre vor der Entdeckung des Insulins um Diabetiker bemüht. Er war auch der erste, der das neue Wundermittel in der Praxis einsetzte: Am 11. Januar 1922 behandelte er seinen Patienten Leonard Thompson mit Insulin — mit großem Erfolg.

Die ersten Berichte Joslins über den Einsatz des Medikaments, das er von seinem Freund Charles Best, dem Mitentdecker des Insulins, erhalten hatte, müssen für Kranke wie das Versprechen von Wiedergeburt geklungen haben. Junge Menschen, die noch wenige Wochen vorher dem Tode geweiht waren, blühten dank Insulin auf und hatten erstmals eine »Lebenserwartung«.

In den ersten Jahren verfügte man nur über ein »Normalinsulin« (auch Altinsulin genannt): Seine Wirkung setzt kurze Zeit nach der Injektion ein, hält aber nicht lange an. Erst Jahre später wurden die verschiedenen »Verzögerungsinsuline« (Depotinsuline) entwickelt: Ihre Wirkung dauert über mehrere Stunden an.

Die intensivierte Insulintherapie — die Bauchspeicheldrüse wird imitiert

Nach dem Exkurs in die kurze Geschichte der Diabetesbehandlung der Sprung zurück in die Gegenwart.
Was sich in rund 60 Jahren Diabetesforschung geändert, was sich deutlich verbessert hat, ist die Möglichkeit, den Insulineinsatz den Lebensumständen des Menschen anzupassen — während es früher lange so war, daß Diabetiker nach einem starren Tagesplan leben und vor allem essen mußten.

Ziel moderner Diabetesbehandlung ist es, die Funktion einer gesunden Bauchspeicheldrüse so exakt wie möglich zu imitieren. Diese Therapieform heißt *intensivierte Insulintherapie.* Beim gesunden Menschen wird gleichmäßig, über Tag und Nacht verteilt, eine kleine Menge Insulin an den Körper abgegeben. Für diese Minimalabgabe braucht die Bauchspeicheldrüse nicht (wie oben dargelegt) das Signal: »erhöhter Blutzuckerwert«. Die kleine Grundrate (Basalrate) benötigt der Organismus, um funktionstüchtig zu bleiben.

Die moderne *intensivierte Insulintherapie* ahmt diese beständige Lieferung kleinster, aber wichtiger Mengen von »Botenstoff« nach, indem der Patient zwei- oder dreimal am Tag sogenanntes Verzögerungsinsulin (Depotinsulin) spritzt. Dieses Medikament kann den Körper über einen längeren Zeitraum kontinuierlich mit Insulin versorgen — wohlgemerkt: nicht mit den Mengen, die erforderlich wären, um Nahrung vollständig aufzuschließen. Die Grundmenge, um die normalen Körperfunktionen aufrechtzuerhalten, nennt man Basalrate.

Die größere Insulinrate, die dann erforderlich wird, wenn der Körper die im Blut gelöste Glucose (siehe Seite 11) für die Zellen verfügbar machen will, muß sich der Patient »extra« einverleiben. Dieses nur kurz wirkende Insulin heißt

Normal- oder Altinsulin.

Wieviel Einheiten gespritzt werden müssen, ergibt sich aus drei Faktoren:

- die aktuelle Höhe des Blutzuckerwertes, gemessen mit sogenannten Blutzuckersticks (Sticks — siehe Seite 118)
- der Umfang der geplanten Mahlzeit
- die Tageszeit.

Das klingt einigermaßen kompliziert. Diabetiker lernen es aber in aller Regel schnell und sicher, mit diesen Bedingungen umzugehen. Ein Beispiel mag den gedanklichen »Dreisprung« verdeutlichen:

Es ist 12 Uhr. In einer Dreiviertelstunde wird es ein Steak mit großer gebackener Kartoffel und grünem Salat geben. Die Routine, oder ein kurzer Blick in eine »Kohlenhydrat-Austauschtabelle« (sorry, sie heißt wirklich so) sagt Ihnen, daß die Mahlzeit circa 3 BE (Broteinheiten) enthalten wird. Ein Blutzuckertest (siehe Seite 118) ergibt einen Wert von 210 mg/Prozent.

Das ist relativ viel; ein »guter« Diabetiker-Wert für diese Tageszeit (die Koryphäen sind sich da nicht ganz einig) läge irgendwo zwischen 100 und 160 mg/Prozent.

Der Patient weiß, wieviel Insulin nötig ist, um 3 BE »abzudecken«. Es gibt grobe Richtwerte für dieses Wissen — Richtwerte, die der einzelne, mit fachmedizinischer Hilfe, für sich präzisieren muß.

Der Patient unseres Beispieles braucht gegen Mittag (Achtung: Die Tageszeit ist wichtig!) pro BE anderthalb Einheiten Normalinsulin.

Da aber der per Sticks gemessene Ausgangswert vor der Mahlzeit mit 210 recht hoch liegt, wird der Patient zu den 4,5 Einheiten (für das Essen) noch eine weitere Einheit addieren. Macht insgesamt 5,5 Einheiten Normalinsulin.

Würde das Steak mit Kartoffel und grünem Salat nicht gegen 12 Uhr, sondern um 20 Uhr auf den Tisch kommen, sieht die Rechnung geringfügig anders aus. Statt 1,5 Insulin-Einheiten (I.E.) pro BE sind dann 2 I.E. erforderlich; denn abends (und morgens) ist Insulin nicht so wirksam wie um die Tagesmitte. Für denselben Effekt sind höhere Dosen notwendig.

Den möglichst sicheren und exakten Umgang mit Mengen und Zeiten lernt der Diabetiker in Kliniken und durch Diabetesschulungen. Aber auch das sollte nicht verschwiegen werden: Die intensivierte Insulintherapie ist nur für Patienten, die informiert und motiviert sind, die größere Freiheit mit »Denkleistung« zu erkaufen.

Die hier skizzierte *intensivierte Insulintherapie* wird von der Mehrheit der Fachmediziner für die entwickeltste und sinnvollste Möglichkeit gehalten, mit der Zuckerkrankheit umzugehen. In ihrer Sprache: Die intensivierte Insulintherapie ermöglicht es am besten, den *normoglykämischen Werten* (den Werten eines gesunden Menschen) nahezukommen.

Die Insulin-Pumpentherapie

Einen weiteren Schritt über die intensivierte Insulintherapie hinaus bietet die *Insulin-Pumpentherapie* (Funktion des Gerätes wird auf Seite 31 erklärt).

Der Apparat gibt, nach entsprechender Programmierung, Tag und Nacht eine Grundmenge (Basalrate) an Normalinsulin in das Gewebe des Oberbauches ab — in der Regel 0,8 bis 1 Einheit pro Stunde. Auch hier muß der einzelne seine individuell passende Menge austesten (lassen).

- Der erste Vorteil: Der Patient kann auf Verzögerungsinsulin verzichten, er ist nicht von den Wirkungsschwankungen dieser Substanz abhängig. Normalinsulin wirkt, wie dargelegt, rasch und kurzfristig. Das heißt, der Patient kann im »Ernstfall« — zum Beispiel bei akuter Unterzuckerung — sofort die Basalrate senken. Er muß nicht die langwierige Eigendynamik des Verzögerungsinsulins durch planvolles Essen »kompensieren«.

- Ein weiteres Stück Freiraum: Der Pumpenträger kann, wenn ihm nicht danach ist, auch eine Mahlzeit ausfallen lassen — ein Vorteil, den man wohl erst als Diabetiker schätzenlernt. Es genügt, sich eine Viertelstunde vor der Mahlzeit für oder gegen sie zu entscheiden und entsprechend (per Knopfdruck) die benötigte Menge Insulin abzurufen. Auch die Nahrungsmenge ist für den Pumpendiabetiker quasi »freie Wahl«.

Die Insulinpumpe

Insulinpumpen haben etwa die Größe eines Taschenrechners und stecken in einer handlichen Tasche. Sie werden mit Batterien oder Akkus angetrieben. In den Pumpen befindet sich ein auswechselbares Insulinreservoir, das der Patient selbst austauschen kann. Aus diesem Reservoir führt ein dünner Schlauch (Katheter), der in einer Kanüle endet. An einer geeigneten Stelle ins Bindegewebe eingestochen, versorgt nun das Gerät über Schlauch und Kanüle den Körper mit der (zuvor eingestellten) Basalrate an Insulin. Die mehrmals tägliche Piekserei wird überflüssig, da auch zu den Mahlzeiten per Knopfdruck der nötige Insulinschub (die sogenannte Bolusrate) abgerufen werden kann. Schwer vorstellbar, aber wahr: Die Kanüle stört nicht einmal beim Sport. Und bei Bedarf (im Schwimmbad!) kann man die Pumpe auch mal für zwei Stunden ablegen.

Verzögerungsinsulin mit der Spritze

Nicht wenige Diabetiker arrangieren sich aber auch nach einem anderen Prinzip mit ihrem Handicap: Sie spritzen *ausschließlich* ein- bis zweimal am Tag Verzögerungsinsulin, auch Depotinsulin genannt.
Bildlich gesprochen: Der Patient füllt mit der Nadel zweimal

am Tag den »Insulintank« des Körpers auf. Die Tankfüllung hat, wie schon dargelegt, eine Besonderheit: Sie wirkt zu unterschiedlichen Tageszeiten unterschiedlich stark, und zwar in Schüben, auf deren Dauer und Heftigkeit der Diabetiker keinen Einfluß hat. Die »Eigendynamik« des Verzögerungsinsulins nimmt den Patienten daher in die Pflicht: er *muß* sehr exakt nach der Uhr essen und auch die Mengen (gerechnet in BE) penibel einhalten.

Der Nachteil liegt auf der Hand: Nur für Menschen, die in der Lage und bereit sind, ihren Tagesablauf in ein starres Korsett zu zwängen, ist diese Behandlungsform eine akzeptable Lösung.

Fazit:
Der Mensch braucht *einerseits* regelmäßig und unabhängig davon, ob er gerade ißt oder nicht, geringe Mengen an Insulin. *Andererseits* benötigt er akut und aktuell größere Mengen Insulin rechtzeitig zum Essen.

Die verschiedenen Insulintherapien unterscheiden sich wesentlich in der Art und Weise, wie beim zuckerkranken Menschen diese zwei »Lieferungen« bewältigt werden.
Die »gröbste« Lösung besteht darin, dem Körper einfach in ein oder zwei Schüben seine Tagesdosis zu verabreichen. Damit aber legt man den Patienten an die Kette des penibel geregelten Tagesablaufes. Der Körper muß sich »darauf verlassen können«, daß er die über den Tag wechselnde Intensität des »lagernden« Insulins (Depotinsulin) durch regelmäßige und exakt dosierte Nahrungszufuhr abfangen kann.

Die intensivierte Insulintherapie trennt die Basisversorgung (Basalrate) von der »Akutversorgung« (Bolusrate) zu den Mahlzeiten. Die Basisversorgung wird mit Verzögerungsinsulin gewährleistet, vor den Mahlzeiten muß eine exakt berechnete Menge Normalinsulin gespritzt werden.
Diese Insulintherapie-Form schafft mehr Raum für spontane Wechsel im Tageslauf, macht unabhängiger, verlangt aber dafür, daß der Patient mitdenkt — gewissermaßen mit dem Hirn das leistet, was die Bauchspeicheldrüse eines gesunden Menschen kann.

Die verschiedenen Insulinarten und ihre Wirkungsdauer

- Das Normal- (Alt-)Insulin beginnt nach einer halben Stunde zu wirken. Die stärkste Wirkung entwickelt es nach 1 bis 4 Stunden. Die Gesamtwirkdauer des Normal-(Alt-)Insulins beträgt 5 bis 7 Stunden.
- Das Verzögerungsinsulin beginnt nach einer Dreiviertel- bis eineinhalb Stunden zu wirken. Die stärkste Wirkung entwickelt es nach 4 bis 10 Stunden, und die Gesamtwirkdauer beträgt 10 bis 20 Stunden.

Insulin wird nach der international üblichen *Insulin-Einheit* (I.E.) dosiert. Nach dem sogenannten »Toronto-Standard« wird mit einer I.E. die Insulinmenge definiert, welche bei einem 2 bis 2,5 kg schweren Kaninchen den Blutzucker nach einer Stunde auf 50 mg/Prozent (Milligramm pro 100 Milliliter), nach 2 Stunden auf 60 mg/Prozent senkt.
Die meisten Insulinabfüllungen enthalten 40 I.E. pro Milliliter. Es gibt aber auch einige Insuline, die 100 I.E. pro Milliliter enthalten. Diese Insuline mit 100 I.E. werden hauptsächlich in der Insulinpumpentherapie verwendet: Das Insulinreservoir in der Pumpe reicht mit 100er-Insulin über einen längeren Zeitraum.

Ich habe nach 24 Jahren konventioneller Insulintherapie (zweimaliges Spritzen mit Depotinsulin) zur intensivierten Insulintherapie gewechselt. Ein Tagesprotokoll auf Seite 43 mag verdeutlichen, was sich hinter den etwas klinisch klingenden Begriffen Insulintherapie und Insulinwirkdauer verbirgt.

Gewußt wie, gewußt wo

Vom Umgang mit der Spritze

Die Insulinspritzen

Bei rund drei Millionen Diabetikern in der Bundesrepublik ist es statistisch fast sicher, daß jeder Gesunde einen Diabetiker im Verwandten-, Freundes- oder Bekanntenkreis hat. Mich hat es immer, je nach Verfassung, belustigt oder erschüttert, wie wenig die meisten Zeitgenossen über diese verbreitete Krankheit wissen. Auch sehr aufgeklärte Menschen meinen, ein Diabetiker müsse pausenlos Zucker zu sich nehmen, spritze vorzugsweise intravenös, bringe notwendigerweise zuckerkranke Kinder zur Welt.

Was bei allem Nebel um diese »Volkskrankheit« im Bewußtsein aller haftet, ist die Spritze. Sie ist vermeintlich der größte Schrecken dieser Krankheit.

Sie ist es natürlich nicht. Mit Spritzen kann man umgehen, sie haben nichts *wirklich* Bedrohliches, nichts Geheimnisvolles. (»Bedrohlich« sind allein die Dinge, die der Diabetiker nicht oder nur unzureichend steuern kann.)

Ein paar Bemerkungen und Erklärungen zum Thema Spritzen und Spritztechnik

Zur Insulininjektion werden spezielle Kunststoff-Einmalspritzen mit eingeschweißter oder aufgesetzter Kanüle angeboten. Auf den Kunststoff-Zylinder dieser Spritzen sind Skalen aufgedruckt, die genaues Dosieren erlauben. Für sehbehinderte Diabetiker gibt es Extra-Ausstattung: Über die Skala kann eine Plastiklupe geschoben werden, die das Ablesen erleichtert.

Solche Extras sind keine Spielerei: Beim Spritzen kommt es auf jede Einheit an, ein Irrtum kann verhängnisvoll sein.

Die üblichen Einmalspritzen und Kanülen können — ihrem Namen zum Trotz — mehrfach benutzt werden, etwa für drei bis vier Injektionen, so lange eben, bis die Kanülenspitze stumpf wird. Man kann natürlich auch, wie früher, Glasspritzen (Rekordspritzen) benutzen, die allerdings regelmäßig desinfiziert werden müssen; Abkochen genügt.

Die Spritztechnik

● *Die Spritze vorbereiten*

Bevor man das Insulin in die Spritze aufzieht, sollte man das Fläschchen zwischen den flachen Händen rollen, damit sich die Flüssigkeit gleichmäßig mischt. Dann zieht man so viel Luft in die Spritze, wie der berechneten Insulinmenge entspricht. Die Spritze wird in den Gummiverschluß der Ampulle gestochen, die Luft aus dem Spritzenkörper in den kleinen Luftraum über der Flüssigkeit gedrückt.
Dadurch entsteht im Fläschchen ein Überdruck.

Nun wird die Ampulle gedreht, das heißt, sie zeigt mit dem Gummiverschluß nach unten. Man zieht nun die geplante Menge Insulin aus dem Fläschchen. Das geht fast von selbst, da der zuvor erzeugte Überdruck genau der Raummenge des benötigten Insulins entspricht, und von oben »nachdrückt«.

Ehe man spritzt, ist es unbedingt erforderlich, Luftbläschen, die sich im Serum gebildet haben, durch leichtes Klopfen an den Spritzenkörper vor die Nadelöffnung aufsteigen zu lassen, um sie durch leichten Kolbendruck durch die Kanüle zu drücken. Dabei geht auch eine kleine Menge Insulin verloren, so daß der geübte Diabetiker von vorneherein etwas mehr aufzieht — vielleicht drei bis vier Einheiten.

● *Die Einstichstelle*

Nun »kneift« man eine kleine Falte in die Haut des Oberschenkels, des Bauches oder anderer Einstichstellen und sticht die Nadel senkrecht ein.
Übrigens ist es nicht nur unnötig, sondern schädlich, die Haut vor dem Insulinspritzen mit Alkohol zu reinigen. Mit den ständigen Alkoholabreibungen würde man nur den natürlich schützenden Hautfilm zerstören.

● *Richtig spritzen*

Moderne Insulinnadeln haben genau die richtige Länge: ganz eingestochen, erreichen sie die richtige Tiefe.
Die Flüssigkeit wird durch leichten Druck auf den Kolben in das Unterhautfettgewebe gespritzt.
Es empfiehlt sich, die entleerte Spritze leicht abzuwinkeln, bevor man sie herauszieht; dadurch verhindert man, daß geringe Mengen Insulin durch das Einstichloch wieder austreten.

● *Die Einstichstelle wechseln*

Es ist wichtig, die Spritzstellen regelmäßig zu wechseln. Wird immer an derselben Stelle eingestochen, bilden sich dort Verhärtungen und Gewebeveränderungen, und die haben gleich zwei Nachteile: Erstens ist es schmerzhafter, an solchen Stellen einzustechen, und zweitens, was wichtiger ist, verzögert sich die Wirkung des Insulins.

Die Folge: Es treten vermeidbare erhebliche Blutzuckerschwankungen auf.

● *Nicht an jeder Körperstelle ist die Wirkung gleich*

Man muß wissen, daß Insulin nicht an allen Körperstellen gleich schnell wirkt. Deshalb ist es wichtig, sich einen genauen

Spritzplan aufzustellen. Die meisten Diabetiker bevorzugen die Vorder- und Außenseite der Oberschenkel, die seitliche Bauchfalte unterhalb des Nabels, außerdem eignet sich noch das obere, äußere Viertel des Gesäßes und die Außenseite der Oberarme.

Am schnellsten wirkt das Insulin, das in das Unterhautfettgewebe des Bauches gespritzt wird.

● *Der richtige Zeitpunkt*

Wichtig ist nicht nur, wieviel und wie gespritzt wird: Der Zeitpunkt ist mindestens ebenso bedeutsam.

Das Insulin soll zu wirken anfangen, wenn man mit dem Essen beginnt. Das heißt im Regelfall:
— Für Normalinsulin: 20 bis 30 Minuten vor dem Essen spritzen,
— für Verzögerungsinsulin: 30 bis 60 Minuten Wartezeit zwischen Spritzen und Essen.

Hält man die Wartezeiten nicht ein (die im übrigen lange nicht bei allen Diabetikern gleich sind — jeder muß seinen Wert austesten), kommt es zu unnötigen Blutzuckerspitzen; eben weil der »Schlüssel« (Insulin) noch nicht einsatzbereit ist, um Glucose aus dem Blut in die Zellen abzuleiten.

Ein Tag
in meinem Leben

Tagesablauf mit intensivierter Insulintherapie

Um halb sieben Uhr morgens klingelt der Wecker. Ich drehe mich im Bett um, habe keine Lust aufzustehen, schon gar keine Lust, meinen Zucker zu kontrollieren. Aber was nützt es!

In einer halben Stunde werde ich frühstücken, und um mir dafür die richtige Insulinmenge zu spritzen, muß ich wissen, ob mein Blutzuckerspiegel nachts gestiegen oder abgesackt ist. Ich gehe ins Wohnzimmer, hole mein Blutzuckermeßgerät und baue die vertraute kleine Apparatur auf. Ich steche mir in den Finger — wie automatisch das geht —, presse einen Tropfen Blut auf den Meßstreifen (Sticks). Nach knapp einer Minute habe ich das Ergebnis: Mein Zucker liegt bei 160 mg/Prozent.

Kurzes Überlegen: Wieviel Einheiten muß ich jetzt spritzen? Da wäre einmal die Basalrate — also das Verzögerungsinsulin. Seltsame Namen gibt es, denke ich, und doch sind sie mir vertraut. Verzögerungsinsulin, das ist der Stoff, der in kleinsten Mengen in die Blutbahn abgegeben wird, um die Normalfunktion des Körpers aufrechtzuerhalten. Jetzt muß ich noch berechnen, was ich spritze, um das Frühstück richtig zu verkraften. Das geht schon sehr intuitiv, ich muß nicht lange überlegen . . . Blutzucker 160 . . . das Frühstück wird ja wohl nicht mehr als anderthalb BE haben. Spritzen und fertig. Die notwendige Wartezeit zum Frühstück nutze ich, um mich zu duschen, mich anzuziehen, mich fertigzumachen. Ich wecke die Kinder, gehe in die Küche, mache das Frühstück für uns drei fertig.

Ich bin kein Morgenmensch. Mir fällt es schwer, zu früher Stunde mit Menschen umzugehen oder konzentriert zu arbei-

ten. Wie oft habe ich das Gefühl, nach Zuckertest und Spritzen hätte ich eigentlich schon rechtschaffen gearbeitet!

Am Frühstück bei einer Tasse Kaffee werde ich langsam wach (hat meine Morgenmuffeligkeit eigentlich etwas mit meinem Zucker zu tun? Muß nicht, meine Schwester ist Nicht-Diabetikerin und muffelt morgens noch kräftiger). Die Kinder sind auf dem Schulweg — warum wird es auf die letzten Minuten jedesmal eilig?
Ich sitze vor dem Diktiergerät, und mir fällt überhaupt nichts ein. Ein Buch über Zucker ... notwendigerweise auch ein Buch über mich? Meine Gedanken rennen sich fest. Wie um auszubrechen gehe ich erst mal meinen Zucker testen. Der Wert ist, wie nicht anders erwartet, völlig o. k., liegt bei 120 mg/Prozent.
Ich habe überhaupt keine Ausrede, jetzt wegen »schlechter« Werte die Arbeit zu verschieben. Ich muß über mich selbst grinsen, setze mich wieder hin, finde tatsächlich einen Einstieg.
Gegen 11 Uhr teste ich noch mal meinen Zucker. Er ist inzwischen auf 74 abgerutscht, und ich beschließe — nein, ich beschließe eigentlich nicht, der Beschluß ist von selbst da —, eine Zwischenmahlzeit einzulegen. Ich koche mir eine Tasse Kaffee, setze mich hin und esse eine Birne.

Wieder am Schreibtisch. Was mache ich hier eigentlich? Ganz sicher werde ich nicht die Diabetes-Heilkunde neu erfinden. Wirklich viel wäre: Anderen Diabetikern, neuen Diabetikern, ein wenig Mut zu machen.

Ich merke, daß ich mich selten so intensiv mit meiner Krankheit auseinandergesetzt habe ... Ein paar gute Gedanken, aber noch nichts auf dem Papier.

Schließlich ist es 12 Uhr, und ich muß überlegen, was ich zu Mittag koche. Ich weiß, Lena und Anna sind um eins wieder zu

Hause und haben Hunger. Für mich heißt das, spätestens um halb eins muß ich spritzen, vorher meinen Zucker kontrolliert haben und dann in der halben Stunde, in der das Insulin wirkt, etwas Vernünftiges kochen.

Um halb eins sitze ich also wieder da wie ein kleiner Computer, der die Daten sammelt, um eine optimale Blutzuckereinstellung zu errechnen. Stich in den Finger, Blutabdruck auf dem Teststreifen, der Wert ist nicht schlecht. Mein Hunger ist nicht groß, ich werde kaum mehr als den »Gegenwert« von 2 BE essen. Aus diesen verschiedenen Überlegungen ergibt sich für mich ohne große Denkanstrengung die Insulindosis, die ich brauche.
Die Kinder verspäten sich. Wahrscheinlich haben sie sich am Schulzaun festgeplaudert. Hoffentlich nicht zu lange, dann stimmt meine Berechnung nicht. Die Kinder platzen mit schlechtem Gewissen herein. Sie wissen, daß Pünktlichkeit zu Mittag bei mir keine pedantische Forderung ist.

Ich merke, daß ich anfange zu schwitzen und unruhig werde. So etwas löst bei mir Ängste vor dem »Schocken« aus. Diese Angst verschlägt einem den Appetit. Aber spritzen und dann nichts essen wäre ein Kardinalfehler.
Gott sei Dank gelingt es mir, die diffuse Angst loszuwerden. Ich setze mich mit den Kindern an den Tisch, wir essen. Nach dem Essen bin ich hundemüde. Vermutlich hatte ich unmittelbar vor dem Essen doch einen leichten Schock.

Ich beschließe, mich eine Stunde hinzulegen und zu schlafen, um dann hinterher wieder fitter weiterarbeiten zu können. Lena steht am Bett: »Mami, was ist denn? Hast du geschockt? Kannst du dich jetzt wirklich hinlegen? Hast du genug Zucker gegessen?«

Sie macht sich Sorgen um mich. Sofort beißt mein schlechtes

Gewissen zu. Belaste ich die beiden mit ihren acht und zehn Jahren nicht zu sehr mit meiner Krankheit? Aber was sollen die Selbstvorwürfe? Ich muß Lena mit ihrer Fürsorge ernst nehmen, ohne mich wie eine »Fürsorge-Empfängerin« zu fühlen.

Ich schlafe eine Stunde, und danach geht es mir wesentlich besser. Ich koche mir eine Tasse Kaffee (trinke ich zuviel Kaffee?) und setze mich mit den Kindern an den Schulaufgabentisch. Für sie ist es ein guter Tag: »Nur Babykram auf!«

Eine Stunde später kontrolliere ich vorsichtshalber noch einmal meinen Zucker. Völlig o. k. 140 mg/Prozent. Ich fühle mich eigentlich sehr wohl. Es gibt schon wieder keinen Grund, nicht zu arbeiten! Ich setze mich hin, und es fällt mir plötzlich sehr leicht, weiterzumachen. Die Kinder sind bei Freunden, und ich habe den ganzen Nachmittag Zeit, mich um meine Arbeit zu kümmern.
Meine Töchter bringen Freunde zum Schlafen mit. Die meisten Kinder kennen mich und wissen auch, daß ich Diabetikerin bin.
Abends habe ich eigentlich überhaupt keine Lust, etwas zu essen. Ich würde gern noch zwei, drei Stunden weiterschreiben und mir erst dann etwas zu essen machen. Das geht natürlich nicht wegen der Kinder. Nachdem alle abgespeist sind und im Bett liegen, versuche ich, noch eine Stunde zu arbeiten.
Ich weiß, daß ich jetzt wieder Verzögerungsinsulin spritzen muß, jedenfalls eine kleine Dosis, damit mein Rhythmus nicht völlig durcheinandergerät. Wenn ich später esse, muß ich vielleicht in bester Feierabendstimmung wieder zur Spritze greifen. Dann lieber jetzt spritzen und vor dem Absprung in den Feierabend noch eine Kleinigkeit essen.
So gegen 10 Uhr mache ich es mir gemütlich und höre »Bilder einer Ausstellung« von Mussorgskij.

Um Viertel vor elf ruft ein Freund an. Es wird ein sehr langes Gespräch, ich vergesse, mir mein Verzögerungsinsulin für die Nacht zu spritzen.
Es ist schon halb eins, als ich wieder daran denke. Ich bin sauer auf mich! Nur weil ich mich gehenließ, habe ich meinem Innenleben Streß zugefügt. Um halb eins spritze ich dann das letztemal und gehe schlafen.

Der nächste Morgen:

Ich schaue auf dieses Tagesprotokoll und merke, wie oft ich darum kämpfe, sorgsam mit mir umzugehen. Es gibt Tage, da fällt es leicht, da ist es kein Problem. An anderen Tagen bin ich wie vernagelt, ich habe keine Lust, ich will das alles nicht und muß es ja doch. Ich fluche auf die Krankheit, sehne mich danach, gesund zu sein.
Ich merke, daß es mir manchmal guttut, einfach abzulassen, ja, auch zu schimpfen und zu fluchen. Manchmal brauche ich es wohl, um dann wieder geduldig sein zu können. Ich weiß natürlich, daß es keinen Ausweg gibt, daß ich mit dieser Krankheit weiterleben und umgehen muß. Und ich weiß natürlich auch, je besser es mir gelingt, desto besser fühle ich mich, desto weniger belastet sie mich.

Mein anhänglicher Partner, die Pumpe

Petra Weimann berichtet über ihre Erlebnisse mit ihrem neuen »Freund«, einer Insulinpumpe. Erstveröffentlichung im »Insuliner«, Nr. 9/November 1986, leicht gekürzt und geringfügig bearbeitet.

Wenn mir Freunde zu anhänglich werden, nehme ich Reißaus. Ich vertrage es nicht besonders gut, wenn bestimmte Leute zu anhänglich werden . . . nur bei sehr wenigen ist es mir möglich, ununterbrochen zusammenzuglucken und sich dabei nicht auf die Nerven zu gehen!

Seit dem 26. Mai 1986 habe ich einen neuen »Freund«: den Nordisc-Infuser. Es gibt so 'ne und so 'ne Freunde, und wenn ich eine ernsthafte Freundschaft voller Vertrauen mit einem Freund eingehen will, so überlege ich mir das vorher schon sehr genau.
Genausowenig wie ich etwas mit Computer-Freaks anfangen kann, mag ich Computer selber.
So ist es auch kein Wunder, daß ich, obwohl ich hier und dort schon längst von einer Insulinpumpe gehört hatte, kein spontanes Interesse an einer »Beziehung« hatte.
Als dann in Hamburg ein Pumpen-Treffen stattfinden sollte, dachte ich: Okay, ich gucke mir die »Beziehungen« der Pumpenträger mal an.

Ich fuhr also ganz neugierig hin und ertappte mich sofort dabei, die »Freunde« der einzelnen Diabetiker zu suchen . . . und fand sie einfach nicht. Kein Blatt vorm Mund, fragte ich in die Runde, und einige zeigten mir ihre »Freunde« — unterm Pullover oder sonstwo.

Gar nicht übel! Alle sind sich einig: Wenn sie auch hin und wie-

der ganz schön genervt sind, verzichten auf ihre »Freunde« wollten sie nie mehr.

Eine »Freundschaft« will gut überlegt sein. Und so gehe ich noch zu ein paar kleinen Treffs mit Günter, der seit kurzer Zeit diesen »Freund« mit sich herumträgt, und Joachim, der sich gerade zu dieser »Freundschaft« entschlossen hat und auf seinen »Freund« wartet.
Ich entschließe mich, die »Partnerschaft« auszuprobieren. Zur Not kann man sich ja immer noch nach gereifter Überlegung wieder trennen.
Zehn Wochen sind wir nun fast unzertrennliche »Freunde«. Es war schon manchmal komisch zu Anfang, als wir noch nicht vertraut waren. Das ist immer so am Anfang einer Freundschaft, man muß erst einmal herausfinden, wie der andere auf bestimmte Sachen reagiert.
Das Schlimmste am Anfang unserer Beziehung war, daß ich anfangs nicht so *erbaut davon war, meinen neuen »Freund« zum Tanzen mitzunehmen. Mir in aller Ruhe vor dem Spiegel überlegend, was ich denn wohl heute anziehen will, wurde mir bewußt, was für eine geheime Beziehung ich da eigentlich hatte, denn ich wollte nicht, daß man meinen Freund sehen kann! Anfangs zu feige, ihn doch einmal einen Abend allein zu Hause zu lassen, schleppte ich ihn widerwillig mit. Ich kannte ihn noch nicht gut genug und wußte daher nicht, was kurze Trennungen für meinen Zucker für Folgen hätten.*

Meine anderen Freunde und Freundinnen (die aus Fleisch und Blut) lernten ihn schnell kennen: Eine herzliche Umarmung ... und im Gesichtsausdruck entstand ein großes Fragezeichen ... Was war denn da Eckiges um meine Taille?
Spätestens beim gemeinsamen Essen mußte mein neuer Freund dazwischenpiepen. Dann wurde alles einfacher. Wir waren mittlerweile vertraut miteinander geworden. Mein Freundes-

kreis hatte ihn mit regem Interesse aufgenommen, und obwohl ich ihn zum Beispiel praktischerweise unterm Rock gut verstecken konnte, ließ ich ihn mittlerweile nachts oft ein paar Stunden allein zu Hause.
Da ich liebend gerne und stundenlang tanze, schadeten unsere kurzen Trennungen der Beziehung überhaupt nicht. (Durch die körperliche Anstrengung brauchte ich weniger Insulin.)
Da ich mich gerade vor der neuen »Freundschaft« von einem Mann getrennt hatte, kam mir der Gedanke an Konflikt erst, als ich mich neu verliebte: Wird ein neuer Mann meine Bindung zu diesem »Freund« annehmen können? Bei dem Gedanken an die erste gemeinsame Nacht zu dritt wurde mir ganz flau. Hoffentlich werde ich mich nicht für einen von beiden entscheiden müssen!
Inzwischen ist das Zusammenleben mit dem Nordisc-Infuser so natürlich und vorteilhaft, daß eine Trennung nicht mehr auszudenken ist.

Mein viereckiger Freund hatte dem anderen nur beim Essen (piep, piep) etwas zu sagen.

Nachts freundeten sie sich bereits ein wenig an, so daß es hoffentlich da keine Rivalität geben wird.
Mein Freund ist schon ganz schön anhänglich. Aber wie gesagt, es gibt Freunde, mit denen kann ich von morgens bis abends zusammenglucken, und wir nerven uns nur selten.

Tabletten gegen Diabetes?

Typ-II-Diabetiker

Die Bauchspeicheldrüse wurde überfordert

Alterszucker ist eigentlich weniger eine Krankheit als meistens vielmehr die Konsequenz eines rüden Umgangs mit dem eigenen Körper. Konkret: Menschen, die infolge ungezügelter Eßlust zu viele (viel zu viele!) Fettzellen zugelegt haben, überfordern ihre Bauchspeicheldrüse. Jede Zelle, auch die Fettzelle, will mit Glucose versorgt sein und braucht dafür das »Schlüsselhormon« Insulin.

Das Hoffnungsvolle an dieser desolaten Situation:

Die Therapie ist im Prinzip einfach: Abnehmen!

- In dem Maße, wie der Patient seinen Körper von der Last des Fettes befreit, kann die Bauchspeicheldrüse, im Regelfall, wieder ausreichend Insulin ausschütten.
- Allerdings gibt es auch beim Typ-II-Diabetes Fälle, in denen, wie beim Typ I, die B-Zellen (insulinproduzierende Zellen der Bauchspeicheldrüse) ihre Produktion gänzlich einstellen. Sie sind erschöpft. In diesem seltenen Fall müssen auch Typ-II-Diabetiker Insulin spritzen.

Arzt und Patient entwickeln gemeinsam einen Diätplan

Aufgabe des Arztes ist es, gemeinsam mit dem Typ-II-Patienten einen geeigneten *Diätplan* zu entwickeln.

Es ist wie beim Heimwerker: das nötige »Gerät« ist wichtig. Eine Personenwaage, mit der man regelmäßig sein Gewicht kontrollieren kann, gehört in jeden Diabetikerhaushalt. Es gibt heute viele Möglichkeiten abzunehmen. Verlockend einfach sind Fertigdiäten, wie sie von Apotheken und Drogerien in großer Vielfalt angeboten werden. Etliche Hersteller liefern ihre Produkte inzwischen mit BE-Angaben. Auf dem Markt sind meistens Suppen und Drinks in verschiedenen Geschmacksrichtungen erhältlich. Diese Diäten enthalten im Durchschnitt Tagesrationen von 800 bis 1000 Kilokalorien (1 Kilokalorie entspricht circa 4,2 Kilojoule). Sie bieten im allgemeinen eine ausreichende Eiweiß- und Vitaminversorgung.

Der Diabetiker sollte zum »Ernährungsexperten« werden.

So weit, so gut. Doch der Erfolg wird nur von Dauer sein, wenn der Patient seine alten Eßgewohnheiten radikal umstellt. Aus diesem Grund muß der übergewichtige Diabetiker alles über eine gesunde, ausgewogene Ernährung wissen. (Auf Seite 79 finden Sie praktische Diätvorschläge.)

Abnehmen alleine genügt nicht immer!

Es gibt allerdings auch Fälle, bei denen Abnehmen allein keine ausreichende Behandlung ist. Dann muß der Diätplan um eine wohldosierte *Tabletten-Therapie* ergänzt werden.

Diese Erkenntnis mußte hart nach dem »Versuch-Irrtum-Prinzip« erkauft werden.

Der Weg zum Medikament

Schon 1918, vor der Entdeckung des Insulins, hatte ein japanischer Arzt bei Tierversuchen beobachtet, daß die Substanz Guanidin blutzuckersenkend wirkt (später in der Diabetes-Behandlung unter dem Namen Biguanid-Präparate geläufig).

36 Jahre später fanden die beiden deutschen Ärzte Franke und Fuchs heraus, daß auch bestimmte Sulfonamidpräparate (Schwefelverbindungen) den Blutzuckerspiegel senken — Präparate, die eigentlich zur Behandlung von Infektionskrankheiten gedacht waren. Als die Ärzte bei Patienten »eigentümliche Erregungszustände« bemerkten, testeten sie das Medikament im Eigenversuch: Sie wurden von Hungergefühl, Schweißausbruch und Zittrigkeit befallen. Zuckerbestimmungen bestätigten: Die Tabletten hatten den Blutzuckerspiegel unter das verträgliche Maß gesenkt.

Die Geburtsstunde der Tabletten

Das war die Geburtsstunde der Tabletten in der Behandlung der Zuckerkrankheit. Schnell wurden ähnliche Präparate aus der Gruppe der Sulfonamide entwickelt.

Hier eine Liste der gebräuchlichsten Sulfonyl-Harnstoff- und Biguanid-Präparate:

Rastinon	Semi-Euglukon
Atosin	Glutril
Redol	Pro-Diaban
Diateboral	Glorenorm
Euglukon 5	Gluborid

Die Wirkung der Medikamente

Die Sulfonamid-Präparate wirken gezielt auf die insulinproduzierenden Zellen (sogenannte B-Zellen) der Bauchspeicheldrüse und regen die Ausschüttung von Insulin an. Es wird wieder mehr Insulin ans Blut abgegeben, der Blutzuckergehalt sinkt. Die Behandlung mit diesen Präparaten ist allerdings nur dann sinnvoll, wenn noch genügend intakte B-Zellen in der Bauchspeicheldrüse vorhanden sind.

Während die Sulfonamid-Präparate die geschwächte Insulinproduktion wieder ankurbeln, um Zucker aus dem Blut zu entfernen, gibt es Biguanid-Präparate (zum Beispiel Metformin), die schon eine Stufe eher ansetzen: Sie verhindern, daß der Zucker aus der Nahrung allzu schnell vom Blut aufgenommen wird. Sie verbessern auch die Zuckerverwertung durch die Muskulatur. Sulfonamide und Biguanide senken den Blutzucker auf unterschiedliche Weise. Bei manchen Patienten ist es sinnvoll, beide Präparate zu verordnen, um einen stärkeren blutzuckersenkenden Effekt zu erzielen.

Also Typ-II-Diabetes mit der Pille einfach »wegessen«?

> Blutzuckersenkende Tabletten sind für Diabetiker nicht ganz ungefährlich. Die Gefahr heißt Unterzuckerung: Die Bauchspeicheldrüse von Typ-II-Diabetikern, die ja noch — wenn auch für die Leibesfülle unzureichend — Insulin produziert, kann durch diese Tabletten leicht überstimuliert werden.
>
> Besonders gefährdet sind Patienten, die Diätfehler mit dem Griff zur Tablette beheben wollen und statt einer vorsichtshalber gleich drei Tabletten schlucken.

Viel hilft keineswegs immer viel. Dieselbe Gefahr der Unterzuckerung besteht, wenn der Patient eine Mahlzeit einfach ausläßt. Wer dann die Symptome nicht zu deuten weiß, befindet sich in akuter Lebensgefahr. Leider sind Menschen, die im vorgerückten Alter an Diabetes erkranken, selten ausreichend geschult.

Selbstmord mit Messer und Gabel

Begegnung mit einer Typ-II-Diabetikerin

Manche Zufälle mag man nicht als solche akzeptieren, sie wirken zu sehr wie Regie.

Ich sitze im Intercity München—Heidelberg und habe ein Abteil für mich. Das ist mir angenehm, kann ich doch so ungestört einige Unterlagen durchstöbern, um mich auf die schwierige Materie (Diabetes-Fachtagung) einzustimmen.

Doch schon nach einer knappen halben Stunde Fahrt steigt in Augsburg eine ältere Frau ein. Die ersten Worte, die gewechselt werden — ich helfe der sehr korpulenten Frau ihr Gepäck zu verstauen — lassen meine Hoffnung auf ungestörtes Lesen gegen Null pendeln.
Als ich schließlich so unauffällig wie möglich meinen Finger ritze, um meinen Blutzucker zu kontrollieren, ist es endgültig aus mit meiner Restchance auf Vorbereitung.
»Sans aa Diabätigga?«

Ohne daß ich irgendwie bremsend oder steuernd eingreifen kann, entwickelt sich zwischen Augsburg und Stuttgart ein minutiöses Selbstporträt einer »klassischen« Typ-II-Diabetikerin.
Die Frau (den Namen hab ich vergessen, ich nenne sie wegen des lupenreinen bayerischen Akzentes Huber) ist 62, unverheiratet, lebt mit ihrer 88jährigen Mutter in einem Dorf östlich von Augsburg.
Vor vier Jahren stellte ihr Arzt die Diagnose »Oitaszugga« — Alterszucker, Typ-II-Diabetes.

Er hat ihr, offenbar sehr liebevoll und mit einigem didaktischen Talent, klarzumachen versucht, daß sie sich selbst helfen kann, wenn sie etliche Kilo ablegt.

Frau Huber hat daraufhin wohl auch unter Schmerzen (»Kneedl und Schweinsbrodn san hoit scho wos Scheens«) tapfer ein paar Kilo abgespeckt. Doch ein paar Kilo müssen bei ihr ein Tropfen auf den heißen Stein gewesen sein, eine eher symbolische Tat. Da die Entlastung der Huberschen Bauchspeicheldrüse offenbar nicht deutlich genug war, um die Frau für weitere Mühen in Sachen Diät zu motivieren, hat sie »dös Glump mit dem gonzn Diätzeigl« aufgegeben.

Der Arzt hat nun offenbar — sie sagt es nicht, aber es kann nur so gewesen sein! — nach weiteren, eindringlichen und vergeblichen Appellen an ihre Eßdisziplin den riskanten Schritt hin zur Tablettentherapie gewagt.
Frau Huber zeigt mir stolz die Euglucon-Packung: Ihr Glaube an die Wunderkraft moderner Medizin liegt nun — buchstäblich — auf der Hand. Und die ist speckrund.
Es hätte wohl keinen Wert, ihr nochmals zu erklären, daß sie mit diesen Tabletten so vorsichtig umgehen muß wie ein Spezialist für Schlangenserum mit seinen Vipern und Kobras. Was hilft, kann auch töten.
Bisher gibt der Erfolg den Pillen recht. Zwar fühlt sich Frau Huber oft nicht gut, aber: »Mei, i bin hoit a nimmer de Jingste — und oamoi is eh' Schluß.«

Ich bin plötzlich nicht mehr unwirsch, daß ich das Kapitel »Diabetes« in den Tagungsunterlagen nicht mehr durchlesen kann. Ich erhalte statt dessen Live-Unterricht, ohne Tagungsgebühren zahlen zu müssen.

Mir wird klarer als je zuvor: Die Krankheit hat gewonnen, wenn die Kraft, die Zähigkeit und letztlich wohl auch die Klarheit fehlen, ihr zu begegnen.

Es ist abzusehen, was mit Frau Huber geschehen wird. Irgendwann wird sie drei oder gar vier Tabletten nehmen, weil es ihr

gar so schlecht geht. Die Überdosis wird die Bauchspeicheldrüse zu einer letzten, gigantischen Produktion aufpeitschen. Frau Huber hat dann schlechte Chancen, wenn ihre Mitmenschen (wer sind die? Vielleicht nur die sehr alte Mutter?) nicht richtig und schnell reagieren.
Aber soll man sie damit belasten? Es geht ihr gut heute. Sie ratscht (plaudert), ist glücklich, sich mit einer »Leidensgefährtin« austauschen zu können. Obwohl ich eigentlich nur dazu gekommen bin, kurze Einwürfe zu machen, hier und da bedenklich den Kopf zu wiegen.

Frau Huber verläßt in Stuttgart das Abteil. »Hoitn S' Eana Figur. Nacha ham S' as leichta«, ruft sie mir, schon mit Koffern und Taschen im Gang verkeilt, noch zu. Recht hat sie — hoffentlich.

Test I

Was weiß ich über diese Krankheit?

Test I

1. In der Bauchspeicheldrüse wird nur Insulin hergestellt.

   a) richtig ○

   b) falsch ○

2. Insulin und Glucagon sind Hormone, die der Körper braucht, um Energie in seine Zellen zu transportieren.

   a) richtig ○

   b) falsch ○

3. Glucagon wird in der Bauchspeicheldrüse produziert.

   a) richtig ○

   b) falsch ○

4. Insulin hebt den Blutzuckerspiegel.

   a) richtig ○

   b) falsch ○

5. Ohne Glucose können die meisten Zellen nicht leben.

   a) richtig ○

   b) falsch ○

6. Der menschliche Körper braucht Insulin, damit die Glucose vom Blutstrom in die Zellen gelangen kann.

   a) richtig ○

   b) falsch ○

7. Die Zellen eines Menschen, der an Insulinmangel leidet, werden wegen des hohen Glucosegehaltes im Blut besonders gut versorgt.

a) richtig ○

b) falsch ○

8. Ein Verzögerungsinsulin wirkt nur ganz kurzfristig.

a) richtig ○

b) falsch ○

9. Allein die Höhe des Blutzuckerwertes bestimmt die Menge des Insulins, die gespritzt werden muß.

a) richtig ○

b) falsch ○

10. Bei der intensivierten Insulintherapie setzt man zwei unterschiedliche Insulinformen ein.

a) richtig ○

b) falsch ○

11. Bei der konventionellen (Depot-) Insulinbehandlung gewinnt der Patient größere Unabhängigkeit in der Wahl seiner Essenszeiten.

a) richtig ○

b) falsch ○

12. Ein sicheres Zeichen für Typ-I-Diabetes (Jugenddiabetes) ist Haarausfall.

a) richtig ○

b) falsch ○

13. Bei Typ-II-Diabetes (Altersdiabetes) läßt die Leistungsfähigkeit der Bauchspeicheldrüse langsam nach.

a) richtig ○

b) falsch ○

14. Untergewichtige ältere Menschen sind besonders diabetesgefährdet.

a) richtig ○

b) falsch ○

15. Der Typ-II-Diabetes läßt sich in der Mehrzahl der Fälle allein durch Gewichtsreduktion beherrschen.

a) richtig ○

b) falsch ○

16. Der Typ-II-Diabetiker muß immer mit Tabletten behandelt werden.

a) richtig ○

b) falsch ○

Richtige Antworten siehe Seite 251

Guten Appetit!

Die richtige Ernährung bei Diabetes

Die Diabetes-Diät

Eine gesunde und ausgewogene Ernährung

Vielen steigt bei dem Wort Diabetes-Diät der Geruch nach Krankenhaus, Formalin und Kamillentee in die Nase. Dabei ist die Diabetes-Diät im Grunde genommen nichts weiter als eine gesunde, ausgewogene Ernährung, etwas, das heute viele Menschen anstreben. Die einzig wirkliche Einschränkung für den Diabetiker heißt:

> Hände weg vom Zucker und zuckerhaltigen Nahrungsmitteln! Zucker ist Gift für Diabetiker; allerdings, im Übermaß genossen, auch für Menschen mit gesunder Bauchspeicheldrüse.
>
> Zucker zaubert, sagt die Werbung. Und sie hat recht: Zucker verwandelt Zähne in Ruinen und vitaminreiche Kost in minderwertige Nahrung.

Der Treibstoff für den Körper

In der Renaissance stellte sich die Wissenschaft den Körper als Maschine vor. Davon ist man abgekommen, in dem Maße wie sich uns Muskeln und Organe, Nerven und Körperflüssigkeiten als ein hochkomplexes Ganzes enthüllt haben.
Doch etwas vom Bild der Maschine läßt sich als Gedankenbild noch gut verwerten — und zwar um den Stoffwechsel zu veranschaulichen.

Eine Maschine läuft nicht von selbst. Das Perpetuum mobile,

der sich selbst bewegende Apparat, wird immer ein Traum bleiben. Jede Maschine braucht Kraftzufuhr von außen. In einem Motor ist das bekanntermaßen die Energie, die im Treibstoff chemisch gebunden vorliegt und die der Motor per Verbrennung in Bewegungsenergie umsetzen kann.

Etwas Vergleichbares macht der Körper.
Die Fingerbewegungen, um diese Zeile zu tippen, erfordern Energie. Sie ist ein winziger Teil der Banane, die ich vor einiger Zeit gegessen habe.
Der Körper braucht allerdings für weit mehr Funktionen Energie: Die Körperwärme muß konstant gehalten werden, die Organe müssen arbeiten können, Zellen müssen beständig erneuert werden, junge Menschen müssen wachsen.

Der Treibstoff des Menschen ist allerdings kein simpler Stoff wie Benzin. Was in den Verdauungsorganen »betriebsfertig« aufgeschlüsselt wird, sind Eiweiß, Fett, Kohlenhydrate, Vitamine und Mineralstoffe.
Im Grunde genommen ist es gleichgültig, mit welchen Nahrungsmitteln wir den Nährstoffbedarf decken. Die Speisekarten rund um die Welt sind so unterschiedlich wie die Hautfarben und die Kulturen.
Wichtig ist nur, daß die Bestandteile Eiweiß, Fett, Kohlenhydrate, Vitamine und Mineralstoffe in ausgewogener Zusammensetzung vorhanden sind.

Die Maßeinheit für den Brennwert der Nahrung heißt Kalorie (bzw. Joule)

Leistungsfähigkeit und Wohlbefinden des Körpers hängen davon ab, wie viele Kalorien und Nährstoffe wir uns einverleiben. Wobei das rechte Maß je nach Alter, Geschlecht, Körpergewicht, Körpergröße, Arbeitsleistung und besonderen Lebensbedingungen von Mensch zu Mensch unterschiedlich ist:

- 800 Kalorien pro Tag können für einen übergewichtigen Menschen ausreichen, sofern er abnehmen will.
- Ein Radrennfahrer kann bis zu 8000 Kalorien pro Tag verfeuern. Er verbraucht sie direkt durch körperliche Anstrengung.
- Wer dagegen den ganzen Tag im Büro sitzt, mit dem Lift in die Tiefgarage zum Auto schwebt und abends nur noch die TV-Fernbedienung bewegt, braucht selbstverständlich nur einen Bruchteil der Kalorien, die ein Hochleistungssportler umsetzt.
- Übergewichtige müssen, um abzunehmen, *deutlich* weniger Kalorien zu sich nehmen, als sie normalerweise bei ihrer Größe brauchten.
  Nur so kann der Körper angeregt werden, die Vorräte anzugreifen. Diese Depots sind das überschüssige Fett. Anhand von Tabellen kann man ermitteln, welche Kalorienzahl welcher Größe entsprechen sollte.

Täglicher Kalorienbedarf bei Frauen im Alter von 30 bis 55 Jahren gemäß Körpergröße, körperlicher Tätigkeit und Körpergewicht.

	Körpergröße in cm	Kalorienbedarf bei Idealgewicht kg	Kalorien	Kalorienbedarf zur Gewichtsabnahme von 2,5 kg/Monat	Kalorienbedarf zur Gewichtsabnahme von 5,0 kg/Monat
Körperlich nicht	150	43	2000	1500	1000
arbeitende, z. B.	155	47	2000	1500	1000
Lehrerinnen —	160	51	2100	1600	1100
Näherinnen —	165	55	2100	1600	1100
Sekretärinnen —	170	60	2200	1700	1200
Rentnerinnen —	175	64	2200	1700	1200
Dolmetsche-	180	68	2300	1800	1300
rinnen	185	72	2300	1800	1300
mittelschwere	150	43	2500	2000	1500
Arbeit, z. B.	155	47	2500	2000	1500
Hausfrau —	160	51	2600	2100	1600
Putzfrau — Fa-	165	55	2600	2100	1600
brikarbeiterin —	170	60	2700	2200	1700
Verkäuferin —	175	64	2700	2200	1700
Krankenschwe-	180	68	2800	2300	1800
ster —	185	72	2800	2300	1800
Stewardeß					
schwere Arbeit	150	43	3000	2500	2000
z. B.	155	47	3000	2500	2000
Waschfrau —	160	51	3100	2600	2100
Bäuerin —	165	55	3100	2600	2100
Packerin in	170	60	3200	2700	2200
einer Fabrik —	175	64	3200	2700	2200
Gärtnerin	180	68	3300	2800	2300
	185	72	3300	2800	2300

Frauen im Alter von 20 bis 30 Jahren benötigen ca. 100 Kal.mehr, Frauen über 55 Jahren benötigen ca. 100 bis 200 Kalorien weniger.

Täglicher Kalorienbedarf bei Männern im Alter von 30 bis 55 Jahren gemäß Körpergröße, Körpergewicht und körperlicher Tätigkeit.

	Körper-größe in cm	Kalorienbedarf bei Idealgewicht kg	Kalorien	Kalorienbedarf zur Gewichts-abnahme von 2,5 kg/Monat	Kalorienbedarf zur Gewichts-abnahme von 5,0 kg/Monat
Leichte Arbeit	155	50	2100	1600	1100
z. B. Beamter —	160	54	2200	1700	1200
Buchhalter —	165	59	2300	1800	1300
Lehrer —	170	63	2400	1900	1400
	175	68	2400	1900	1400
	180	72	2500	2000	1500
	185	77	2600	2100	1600
	190	81	2700	2200	1700
mittelschwere	155	50	2700	2200	1700
Arbeit, z. B.	160	54	2800	2300	1800
Arzt —	165	59	2900	2400	1900
Vertreter —	170	63	3000	2500	2000
Mechaniker —	175	68	3000	2500	2000
Schreiner —	180	72	3100	2600	2100
Schlosser	185	77	3200	2700	2200
	190	81	3300	2800	2300
schwere Arbeit	155	50	3300	2800	2300
z. B.	160	54	3400	2900	2400
Bergarbeiter —	165	59	3500	3000	2500
Holzfäller —	170	63	3600	3100	2600
Maurer —	175	68	3600	3100	2600
Metzger	180	72	3700	3200	2700
	185	77	3800	3300	2800
	190	81	3900	3400	2900

Männer im Alter von 20 bis 30 Jahren benötigen ca. 100 Kal. mehr, Männer über 55 Jahren benötigen ca. 100 bis 200 Kalorien weniger.

Täglicher Kalorienbedarf bei Kindern und Jugendlichen im Alter zwischen 1 und 18 Jahren gemäß Körpergröße und Körpergewicht:

Knaben			Mädchen		
Größe in cm	Gewicht in kg	Kalorien	Größe in cm	Gewicht in kg	Kalorien
75	10	1000	74	10	1000
88	13	1100	87	12	1000
96	15	1200	96	14	1100
103	17	1300	103	16	1200
110	19	1400	109	18	1300
118	22	1600	116	21	1500
124	25	1600	122	24	1600
130	27	1800	128	26	1700
136	30	1900	133	29	1800
140	33	2000	139	32	1900
144	35	2100	145	36	2100
150	38	2200	152	40	2200
155	42	2300	157	45	2400
163	49	2500	160	49	2400
168	54	2800	161	51	2400
172	59	2800	162	53	2400
174	62	2800	163	54	2400
175	63	2800			

Kinder, die sich noch in der Wachstumsphase befinden, brauchen in jedem Fall einen höheren Kalorienbedarf.

Die Zusammenstellung der Diät

Typ-II-Diabetiker

Es versteht sich von selbst, daß die Diät für einen übergewichtigen *Typ-II-Diabetiker* ganz anders aussehen muß als die Diät für einen normalgewichtigen Typ-I-Diabetiker. Oberstes Gebot für allzu wohlgenährte Typ-II-Diabetiker muß sein, die Kalorienmenge so stark wie möglich zu reduzieren, damit der Körper gezwungen ist, seine eigenen Kaloriendepot's, das Körperfett, anzugreifen.

Der Arzt muß den Patienten überzeugen

Allerdings ist der Mißerfolg von vornherein programmiert, wenn der Arzt seinem Patienten lediglich den fertig ausgearbeiteten Diätplan vor die Nase legt. Ein Diabetiker, der die Diät nur als lästige Verordnung seines Arztes empfindet, kann nicht erfolgreich abnehmen. Soll er wirklich von seinen liebgewordenen Eßgewohnheiten ablassen und seine Ernährung grundlegend umstellen, dann muß er hochmotiviert sein. Das aber ist er nur, wenn seine individuellen Bedürfnisse berücksichtigt werden, wenn er selbst mitbestimmt, wie er künftig leben und essen will — und wenn ihm wirklich bewußt ist, daß es nicht um die (ihm vielleicht gleichgültige) attraktive schlanke Linie, sondern um einen Heilungsprozeß geht.

Anders als der Typ-I-Diabetiker hat er die Chance, die Krankheit auf ein Vorstadium zurückzudrängen.
Wenn es ihm gelingt abzunehmen, entlastet er seine überstrapazierte Bauchspeicheldrüse — ein Geschenk an den Körper.

Der Erfolg zeigt sich sehr schnell

Und den Erfolg seiner Bemühungen wird er sofort spüren: Ist die Zuckereinstellung (als Folge des verringerten Gewichts) ausgeglichener, wird er sich unternehmungslustiger und wohler fühlen.

Die maßgeschneiderte Diät

Arzt oder Diätassistentin müssen also *gemeinsam* mit dem Diabetiker eine sozusagen maßgeschneiderte Diät ausarbeiten. Entscheidend bei der Diätzusammenstellung ist, wieviel der Diabetiker in welcher Zeit abnehmen muß, ob er arbeitet und — ob die Familie bereit ist, ihn bei seinem Vorhaben zu unterstützen.
Die Funktion der Familie kann gar nicht hoch genug eingeschätzt werden. Unter Umständen ist es sogar wichtig, die übrigen Familienmitglieder in diese Diätberatung mit einzubeziehen. Wenn sie bereit sind, ihre Eßgewohnheiten ebenfalls umzustellen, ist es auch für den Diabetiker leichter, nach den neuen Richtlinien zu leben. Er wird trotz der veränderten Situation nicht zum Außenseiter.

Typ-I-Diabetiker

Der *Typ-I-Diabetiker* muß sich an ganz anderen Prinzipien orientieren. Sein Problem ist nicht das Körpergewicht, sondern das Gleichgewicht zwischen gespritztem Insulin und aufgenommener Nahrung: Er muß immer genügend Insulin im Blut haben, um die Nahrung für den Körper nutzbar machen zu können. Je nach der angewandten Therapieform hat das verschiedene Auswirkungen auf die Diät des Diabetikers.

Diät für die konventionelle Insulintherapie

Ist der Typ-I-Diabetiker auf *konventionelle Insulintherapie* (s. S. 31) eingestellt — spritzt er also ein bis zwei Verzögerungsinsulin-Dosen pro Tag —, muß er sich an einen sehr genauen Diättagesplan halten:

- Die Diät legt genau fest, wann er was und wieviel essen darf, oder vielmehr: essen muß. Das Insulin im Körper wirkt nach einem individuell unterschiedlichen Muster über den ganzen Tag verteilt.

Für Erwin Huber könnte das zum Beispiel heißen:
Wenn er um 10.00 Uhr Insulin gespritzt hat, ist um 10.45 das Insulin besonders wirksam, das heißt, der Blutzuckerspiegel sinkt. Weitere Spitzenwerte könnten um 14.00 und wieder um 15.30 Uhr auftreten. Da Erwin Huber diesen Wirkungsverlauf kennt, muß er rechtzeitig vor den kritischen Zeiten Nahrung in genau festgesetzter Zusammensetzung und Menge zu sich nehmen, um das Insulin zu »beschäftigen«, um also eine Unterzuckerung und damit einen »Insulinschock« zu vermeiden.

Die Aufgabe des Diätassistenten besteht also darin, eine Diät zusammenzustellen, die zur »richtigen« Zeit die »richtige« Menge Kohlenhydrate enthält: genausoviel, wie der jeweiligen Menge einsatzbereiten Insulins im Blut entspricht.

Diät für intensivierte Insulintherapie und Insulin-Pumpentherapie

Anders ist das bei der *intensivierten Insulintherapie* (s. S. 28) oder bei der *Insulin-Pumpentherapie* (s. S. 30). Insulin wird bei dieser Therapieform als Grunddosis oder Basalrate nur in kleinen Mengen gegeben, gerade genug, um den normalen Stoffwechsel aufrechtzuerhalten. Erst vor dem Essen, wenn dem Körper also Kohlenhydrate zugeführt werden, muß zusätzlich eine entsprechende Menge Insulin gespritzt oder abgerufen werden.

Es genügt also, sich rechtzeitig vor dem Essen zu überlegen, worauf man Appetit hat und wieviel man essen möchte. Die Insulinmenge richtet sich nach dieser Entscheidung, nicht umgekehrt.
Der Typ-I-Diabetiker, der nach der intensivierten Insulintherapie behandelt wird, kann seine Diät relativ frei zusammenstellen. Um diesen Freiraum zu haben, muß er allerdings genau wissen, welche Nahrungsmittel für ihn geeignet sind, wieviel Kohlenhydrate sie enthalten und welche Insulinmenge für die »Verwertung« des ausgewählten Essens erforderlich ist.

Was sind Kohlenhydrate?

Im Grunde sind Kohlenhydrate nichts anderes als Zuckerbausteine, einzeln oder zu Ketten unterschiedlicher Länge verbunden. Glucose zum Beispiel, der Treibstoff des Körpers, besteht aus einzelnen Zuckermolekülen (sogenannte Einfachzucker). Im Haushaltszucker, der Saccharose, verbinden sich jeweils zwei Zuckermoleküle miteinander. Und Stärke, der wichtigste Energie-Reservestoff der Pflanzen, setzt sich jeweils aus mehreren hundert Zuckerbausteinen zusammen.

Kohlenhydrat ist nicht gleich Kohlenhydrat

Für den Organismus ist es durchaus nicht gleichgültig, mit welcher Art Kohlenhydrat er es zu tun hat. Da die Darmwand nur »Einfachzucker« hindurchläßt, muß beispielsweise Stärke erst von den Verdauungsenzymen in ihre Glucose-Bausteine zerlegt werden, bevor sie die Darmwand passieren und ins Blut gelangen kann. Dieser Vorgang aber braucht Zeit, Verdauungszeit.

Für den Diabetiker heißt das: Kohlenhydrat ist nicht gleich Kohlenhydrat. Ißt er Kohlenhydrate in Form von Frucht- oder Traubenzucker (die ja als Einfachzucker auf dem schnellsten Weg vom Darm in die Blutbahn gelangen), dann muß er wenig später mit erhöhten Blutzuckerwerten rechnen. Nimmt er dagegen Kohlenhydrate in der langsamer verdaulichen Form zu sich, wird der Blutzucker sehr viel langsamer ansteigen und daher leichter zu kontrollieren sein. Zu diesen diabetikerfreundlichen Nahrungsmitteln gehören:

- Getreideprodukte (Reis, Grieß, nicht verarbeitetes Getreide verschiedenster Art)
- Vollkornbrot und Backwaren
- Milchprodukte
- Obst
- Gemüse

Es kommt also nicht nur darauf an, *wieviel* Kohlenhydrate in der Nahrung stecken, sondern auch, wie leicht sie verdaulich sind, wie schnell also die Glucose in die Blutbahn gelangt.

Für eine Ausnahmesituation allerdings sollte jeder Diabetiker den ansonsten »verbotenen« Zucker stets bei sich haben:
Wenn er unter akuter Unterzuckerung leidet, hilft ein Würfel Traubenzucker, den abgesackten Blutzuckerspiegel schnell wieder anzuheben (s. S. 223)

Das Rechnen mit den Broteinheiten (BE)

Im Rahmen der Diabetes-Diät werden Kohlenhydrate in »Broteinheiten« (BE) gemessen:

Eine Broteinheit entspricht 12 Gramm Kohlenhydraten.

Vorsicht bei den »Tauschgeschäften«

Mit Hilfe von Kohlenhydrat- oder Broteinheit-Austauschtabellen kann man seine Diät abwechslungsreicher gestalten. »Tauschgeschäfte« sind durchaus möglich — allerdings möglichst nur innerhalb derselben Kohlenhydrat-Austauschgruppe: Die Kohlenhydrate der Milchprodukte beispielsweise werden mit anderem Tempo verdaut als die der Gemüsegruppe. Würde man nun Nahrungsmittel der einen Gruppe mit Elementen der anderen ersetzen, so käme unweigerlich der Blutzuckerhaushalt aus dem Gleichgewicht.

Aber eine dünne Scheibe Mischbrot von 25 Gramm, die einer BE (Broteinheit) entspricht, kann gegen zwei Scheiben Knäckebrot (16 g) eingetauscht werden, die ebenfalls einer BE entsprechen. Oder ich kann ¼ l Milch gegen 240 g Joghurt tauschen. Beides enthält wiederum eine BE.

Kohlenhydrat-Austauschtabelle und Diätwaage

Kohlenhydrat-Austauschtabellen kann man in jeder Buchhandlung kaufen. Es gibt ausführlichere und weniger ausführliche Tabellen. Anfangs wird man ohne eine exakte Diätwaage nicht auskommen. Nur so läßt sich der Kohlenhydratgehalt der verschiedenen Nahrungsmittel genau bestimmen. Mit der Zeit muß man nur noch ausgefallene Nahrungsmittel in der Tabelle nachschlagen. Allmählich entwickelt man aus der Erfahrung heraus ein gesundes Augenmaß und kann auch ohne Waage abschätzen, wieviel BE Kartoffeln man auf dem Teller hat. Trotzdem ist es gut, immer wieder einmal die Diätwaage zu benutzen, um das eigene Einschätzungsvermögen zu überprüfen.

Wichtig für den Restaurant-Esser

Gerade für Diabetiker, die viel im Restaurant essen müssen, ist es wichtig, die BE-Menge auch ohne Waage erkennen zu können. Wichtig ist auch, die versteckten Broteinheiten zu entlarven, die sich zum Beispiel in Soßen verbergen, die mit Mehl angedickt sind. Zugegeben: Dies klingt alles sehr kompliziert, aber wie Sie selber bald merken werden, stellt sich die Erfahrung viel schneller ein, als man denkt.

Kohlenhydrataustauschtabelle

Brot und Korn

	Gramm*	Kalorien
Brötchen — Semmeln	25	68
Knäckebrot	15	57
Pumpernickel	25	62
Roggenschrotbrot	25	60
Roggenvollkornbrot	25	60
Toastbrot	25	67
Weißbrot	25	65
Weizenmischbrot	25	63
Weizenvollkornbrot	25	60
Zwieback	15	60
Grünkern	15	55
Haferkorn	20	73
Haferflocken	20	81
Hirse	15	57
Leinsamen	30	153
Reis (ungekocht)	15	55
Roggenkorn	20	63
Weizenkleie	20	38

* Die Gramm-Angaben entsprechen 1 Broteinheit (BE)

Stärke, Mehl, Grieß

	Gramm	Kalorien
Buchweizengrütze	15	54
Gerstengrütze	15	55
Grünkernmehl	15	57
Hafergrütze	20	80
Hafermehl	20	82
Kartoffelstärke	15	53
Maismehl	15	56
Paniermehl	15	53
Roggenmehl	15	54
Sojamehl, vollfett	45	211
Puddingpulver	15	ca. 50
Weizengrieß	15	56
Weizenmehl	15	55
Weizenstärke	15	55

Kartoffeln und Teigwaren

	Gramm	Kalorien
Kartoffeln	65	56
Kartoffelflocken	15	55
Kartoffelpüree	100	73
Knödel	50	53
Kartoffelchips	25	146
Pommes frites	35	88
Blätterteig, roh	35	131
Hefeteig, roh	25	68
Kräcker	15	68
Nudeln (ungekocht)	15	55
Salzstangen, Brezen	15	55

Milch und Milchprodukte

	Gramm	Kalorien
Vollmilch, 3,5 % Fett	250	166
fettarme Milch, 1,5 % Fett	250	120
Magermilch, 0,3 % Fett	250	88
Buttermilch,	300	108
Dickmilch, 3,5 % Fett	250	166
Dickmilch, 1,5 % Fett	250	120
Joghurt, 3,5 % Fett	250	175
Joghurt, 1,5 % Fett	250	127
Kefir, 3,5 % Fett	250	166
Kefir, 1,5 % Fett	250	120
Kondensmilch, 10 % Fett	100	181
Kondensmilch, 7,5 % Fett	120	164
Kondensmilch, 4 % Fett	110	120

Nüsse (ohne Schalen)

Nüsse sollten wegen ihres hohen Fettgehalts nur in sehr geringen Mengen gegessen werden.

	Gramm	Kalorien
Cashewnüsse	40	242
Edelkastanien (Maronen)	30	63
Erdnüsse	70	442
Haselnüsse	90	624
Kokosnüsse	120	480
Mandeln	80	521
Paranüsse	160	1143
Walnüsse	80	564

Gemüse

Es gibt Gemüse, die reich an Kohlenhydraten sind. Eine volle BE-Anrechnung ist erforderlich.

	Gramm	Kalorien
Artischockenböden	100	61
Dicke Bohnen aus Dosen	90	70
Weiße Bohnen aus Dosen	50	70
Erbsen	100	87
Maiskörner	60	64
Mais am Kolben	170	64
Schwarzwurzeln	70	52
getrocknete Bohnen	20	70
getrocknete Erbsen	20	73
Kichererbsen	20	74
Linsen	20	71
Sojabohnen	45	200

Gemüse bis zu 200 g täglich ohne Berechnung erlaubt:

Blumenkohl, grüne Bohnen, Kohlrabi, Paprikaschoten, Pilze, Porree, Rotkohl, Weißkohl, Wirsingkohl, Chinakohl, Fenchelknollen.

Gemüse in beliebigen Mengen erlaubt:

Bohnenkresse, Endiviensalat, Feldsalat, Kopfsalat, Gurken, Kürbis, Radieschen, Rhabarber, Sauerkraut, Sellerie, Spargel, Spinat, Tomaten, Zitronen.

Getränke, die nicht berechnet werden müssen:

Kaffee, Tee, Mineralwasser, Diätlimonaden (mit Süßstoff).

Alkoholische Getränke:

Nicht erlaubt:
Süßweine,
Liköre,
Bier.

In geringen Mengen erlaubt:
Diabetikerbier,
trockene Weine, r.
trockener Sekt, t.
Weinbrand,
klare Schnäpse.

Obst

	Gramm	Kalorien
Ananas	90	50
Apfel	100	55
Apfelsine ohne Schale	100	54
Aprikosen ohne Stein	100	54
Banane ohne Schale	50	50
Birne	90	50
Blaubeeren (Heidelbeeren)	90	56
Brombeeren	140	68
Erdbeeren	160	59
Grapefruit	130	54
Himbeeren	150	60
Honigmelone ohne Schale	100	52
Johannisbeeren rot	120	54
Johannisbeeren schwarz	90	57
Kirschen mit Stein, sauer	100	54
Kirschen mit Stein, süß	90	54

Obst	Gramm	Kalorien
Kiwis	110	61
Mandarinen ohne Schale	110	63
Mirabellen mit Stein	90	63
Nektarinen	100	50
Pfirsich mit Stein	120	51
Pflaumen mit Stein	90	50
Reineclauden mit Stein	80	51
Stachelbeeren	140	55
Wassermelone ohne Schale	250	58

Naturreine Säfte ohne Zuckerzusatz

	Gramm	Kalorien
Apfelsaft	100	47
Grapefruitsaft	120	54
Karottensaft	200	55
Orangensaft	110	53
Tomatensaft	300	62

Zuckeraustauschstoffe

	Gramm	Kalorien
Fruchtzucker	12	48
Sorbit	12	48
Diabetiker-Konfitüre	25	50
Diabetiker-Konfitüre m. Süßstoff	40	50

Fettgehalt verschiedener Lebensmittel

Auch Fett muß im Diabetes-Ernährungsplan berechnet werden.

Die nachfolgend aufgeführten Lebensmittelmengen (in Gramm) enthalten jeweils 10 g Fett

Fette und Öle

Butter, Margarine	12 Gramm
Mayonnaise, Remoulade	12 Gramm
Butterschmalz	10 Gramm
Schweineschmalz	10 Gramm
Pflanzenöle	10 Gramm

Milch und Milchprodukte:

Trinkmilch, 3,5 % Fett	285 Gramm
Schlagsahne, 30 % Fett	30 Gramm
saure Sahne, 10 % Fett	100 Gramm
Camembert, 30 % Fett i. Tr.	75 Gramm
Tilsiter, Edamer, Parmesan ca. 40 % Fett i. Tr.	40 Gramm
Gouda, Emmentaler ca 45 % Fett i. Tr.	35 Gramm
Schmelzkäse, 20 % Fett i. Tr.	110 Gramm
Quark, Hüttenkäse, 20 % Fett i. Tr.	200 Gramm
fettarme Milch, 1,5 % Fett	660 Gramm

Der Fettgehalt muß nicht berücksichtigt werden bei:

Magermilch, Buttermilch, Magermilchjoghurt magerem Speisequark

Bei *Fleisch* sollte man ausdrücklich magere Rind- und Schweinefleischstücke verlangen.

Geflügel ist mager und daher besonders für die Diabetes-Diät geeignet.

Auch *Fisch* eignet sich wegen seines geringen Fettgehalts hervorragend für die Diabetes-Diät. *Die folgenden Fischarten können ohne Berechnung des Fettgehaltes in den Diätplan aufgenommen werden:*
Seelachs, Schellfisch, Kabeljau, Dorsch, Hecht, Scholle und Flunder.

Vorsicht — versteckte Fettgehalte:

Wie bei Kohlenhydraten gilt es auch bei Fetten ganz besonders auf die versteckten Anteile zu achten: *Käse, Wurst und Fleisch* enthalten oft erhebliche Mengen Fett. *Pfannengerichte* saugen das *Bratfett* oft wie ein Schwamm auf.

Eine Faustregel besagt, daß man die Hälfte der erlaubten Tagesfettmenge schon mit den versteckten Fetten aufnimmt.

Eiweiße, Vitamine und Mineralstoffe

Ernährte man den Körper nur mit Kohlenhydraten und Fett, er würde bald Mangelerscheinungen zeigen. In der ausgewogenen Ernährung müssen unbedingt Eiweiße, Vitamine und Mineralstoffe berücksichtigt sein:

- Eiweiße beschleunigen als Enzyme die chemischen Abläufe

im Körper, regulieren als Hormone den Stoffwechsel, wehren als Immunstoffe Krankheiten ab und bilden feste Fasern (Haare, Haut, Bindegewebe, Nägel, Knochen).

- Vitamine braucht der Körper zwar nur in geringsten Mengen von tausendstel Gramm. Die aber nehmen Schlüsselfunktionen ein: Sie bringen gemeinsam mit den Enzymen biochemische Prozesse in Schwung. Da der Organismus die lebenswichtigen Vitamine nicht selbst produzieren kann, ist er auf Nachschub mit der Nahrung angewiesen.

- Auch die Mineralstoffe wie Natrium, Kalzium, Phosphor, Magnesium oder Fluor sind unverzichtbar: Sie geben Knochen und Zähnen ihre Festigkeit, beeinflussen den Wasserhaushalt und sorgen dafür, daß das Nervensystem funktioniert.

Quark und Salat zwei wichtige Grundstofflieferanten

Ein ganz wichtiger Eiweißlieferant in der Diabetes-Diät ist der Quark. Quark in magerer Form kann man schon morgens als Brotaufstrich essen, mittags mit Süßstoff als Süßspeise zubereiten und abends wieder als Kräuterquark in größeren Mengen zu sich nehmen. Da dieser Magerquark fettarm ist und so gut wie keine Kohlenhydrate enthält, muß er weder als Broteinheit noch in seinem Fettgehalt berechnet werden.

Um den Vitaminbedarf zu decken, ist es sinnvoll, vor jedem Mittagessen zum Beispiel eine Portion Salat zu sich zu nehmen. Salat, etwa aus Gurken, Kopfsalat und Tomaten, enthält kaum Kohlenhydrate und braucht deshalb nicht auf die BE-Menge angerechnet zu werden.

Kurze Abschweifung:

Wenn ich (wie gerade in den vorangegangenen Zeilen) darzustellen versuche, wie bei uns Erfahrungswerte und Wissenschaft den Grund festigen, auf dem man sich als Diabetiker einigermaßen standsicher fühlen darf, kommt mir immer wieder eine Frage: Wie gehen andere Kulturkreise mit dieser Krankheit um? Sind Kontinente und Regionen, in denen eine geregelte Insulinversorgung so undenkbar ist wie Wintersport in der Zentralsahara, nicht absolute Todeszonen für Zuckerkranke? Gibt es Diabetiker dort etwa deshalb nicht, weil sie sterben, ehe sie auffällig werden?

Ich hatte lange diffuse oder, ehrlicher gesagt, keine Vorstellungen, wie die Naturmedizin fremder Völker auf eine Krankheit reagiert, die zwar gehäuft in den wenigen Wohlstandsregionen der Erde auftritt, im armen Süden aber keineswegs unbekannt ist.

Der Schamane Don Eduardo aus Peru, den ich anläßlich eines Vortrages über Eigenheilung in Salzburg traf, hat mich verblüfft. Und zwar nicht deshalb, weil er meinen Erwartungshorizont überschritt — genau das hätte ich erwartet, — sondern weil er mir über »seinen« Umgang mit Diabetes sehr vertraute Dinge berichtete:

»Wir sagen den Diabetikern, was sie essen können und was sie meiden sollen. Zucker, Honig, Ahornsirup, weißes Mehl, weiches und helles Brot sind tabu. Gemüse, Salat und mageres Hammelfleisch, und dann natürlich auch Vollkornprodukte erlaube ich. Und natürlich saure Zitrusfrüchte.« Diabetiker in Peru meiden Kartoffeln und Nudelprodukte. Manche beschränken sich auf Reis als Beilage zu mageren Fleischgerichten.

Vielleicht ist ein Land, in dem die Konsumschlachten auf

Zuckerbasis unbekannt sind, einfach weil sie sich kaum jemand leisten kann, nicht das schlechteste, um Diabetiker zu sein?

Zurück in den Alltag:

Auch die Familie bleibt gesund!

Ich hoffe, Sie haben nach all den Tabellen und Umrechnungen nicht den Eindruck gewonnen, ein Diabetiker müsse im Dienste seiner richtigen Ernährung eine ausgebildete Diätassistentin beschäftigen. Keineswegs: In der Regel müssen Sie nicht einmal gesondert für sich kochen. Normalerweise kann der Zuckerkranke problemlos am Familientisch mitessen. Einzige Bedingung: *Den Speisen darf keinerlei Zucker zugesetzt werden, und es sollte auf den Fettgehalt der Speisen geachtet werden.*

Nun sind das aber Einschränkungen, die auch für die übrigen Familienmitglieder nicht von Nachteil sind. Wer wirklich nicht auf Süßspeisen verzichten kann, hat die Möglichkeit, Puddings und süße Quarkspeisen mit Zuckerersatzstoffen, wie Süßstoff, zuzubereiten.

Und was die »gesunde« Ernährung betrifft: Wer auf die »Linie« achten will, wird sich nicht anders ernähren als jeder Diabetiker. Aus eigener Erfahrung kann ich sagen, daß ein Vollkornmüsli, das 3 BE enthält, erheblich länger sättigt als Weißbrot mit 3 BE. Auch Quark und Salat »füllen« nachhaltig, ohne daß sie auf die Broteinheitenanzahl angerechnet werden müßten. Die Diabetes-Ernährung ist nicht reizärmer, sondern abwechslungsreicher als der herkömmliche Speiseplan.

Praktische Küche — die allen gerecht wird

Für mich selbst koche ich keine spezielle Diät, achte aber darauf, möglichst Gemüse zu verwenden, die so arm an Kohlenhydraten sind, daß ich sie nicht als BE-Menge anrechnen muß. Für Süßspeisen verwende ich selbstverständlich nur den »erlaubten« flüssigen Süßstoff. Meinen beiden nicht zuckerkranken Kindern bekommt diese Ernährung ausgezeichnet.

Ich möchte Ihnen einige Beispiele vorstellen, wie man auch als Diabetiker nach ganz normalen Kochbüchern kochen kann:

Frühstück

Morgens esse ich Frischkornmüsli. Für 3 Personen nehme ich 4 schwach gehäufte Eßlöffel gemischtes Korn (Weizen, Roggen, Gerste, Hafer — dies entspricht 4 Broteinheiten: 20 g gemischtes Korn sind ungefähr 1 BE), einen Apfel, eine Apfelsine, eine Banane (das Obst entspricht circa weiteren 4 BE) und einen Magermilchjoghurt (dieser Joghurt entspricht auch 1 BE). Ich mische den Joghurt mit dem gemischten Korn und lasse die Mischung über Nacht quellen. Morgens reibe ich den Apfel hinein und schneide Apfelsine und Banane oder anderes der Jahreszeit entsprechendes Obst dazu und kann mir so ausrechnen, daß ein Drittel dieses Müslis meiner Frühstücksmenge von 3 BE entspricht.

Hauptmahlzeit

Auch bei der Zubereitung des Mittagessens rechne ich immer die Gesamt-BE-Menge der Mahlzeit aus und überlege dann, wieviel ich essen darf, um auf meine BE-Menge zu kommen. Für Grünkerncremesuppe zum Beispiel brauche ich einen Liter Wasser, einen Gemüsebrühwürfel, 100 g feingemahlenen

Grünkern, 1 Eigelb, 4 Eßlöffel saure Sahne, gehackte Kräuter, 3 Scheiben Vollkornbrot und einen kleinen Schuß sauren Wein. Nur die Broteinheiten von Grünkern und Vollkornbrot muß ich bei diesem Rezept berücksichtigen: 100 Gramm Grünkern entsprechen 6,5 BE und 3 Scheiben Vollkornbrot enthalten etwa 6 BE. Insgesamt enthält das Essen also 12,5 BE. Da dieses Rezept für 4 Personen gedacht ist, nehme ich mit meiner Portion ziemlich genau 3 BE zu mir.

Nach diesem Prinzip gehe ich mit allen normalen Rezepten um: Ich berechne den Anteil der Kohlenhydrate in der Gesamtmenge und kann daraus schließen, wieviel ich essen darf. Da man in den meisten Rezepten die Fettmengen um die Hälfte verringern kann, ohne daß die Mahlzeit deshalb schlechter schmeckt, muß ich auch den Fettgehalt nicht extra berechnen. Eigentlich gibt es also keinen vernünftigen Grund, eine spezielle Diät für Diabetiker zu kochen.

Auch der Restaurantbesuch ist möglich

Im Restaurant wähle ich nach Möglichkeit Speisen aus, die Gemüsearten enthalten, die ich nicht in BE-Form anrechnen muß. Bei Kartoffeln gibt es eine Faustregel: Eine hühnereigroße Kartoffel entspricht ungefähr einer BE. Als Suppe wähle ich im Restaurant eine klare Brühe, die nicht mit Mehl angedickt ist. Auch die kann ich dann ohne BE-Anrechnung essen.

Invielen Cafés werden heute Diätkuchen angeboten. Vor Verzehr muß man selbstverständlich die genaue Broteinheitenzahl erfragen. Leider wird einem aber auch immer wieder beispielsweise Käsekuchen angeboten, mit der beruhigenden Bemerkung, er enthalte wenig Zucker. Auch Käsekuchen ist selbstverständlich für den Diabetiker nicht geeignet, wenn er Industriezucker enthält.

Um Ihnen für den Anfang den Umgang mit Ihrer Diät zu erleichtern, stelle ich Ihnen einige speziell für Diabetiker entworfene Kostpläne vor.

Beispiel:
Der Arzt hat Ihnen 12 BE pro Tag verordnet. Sie sollen die Broteinheiten in 6 Tagesmahlzeiten zu sich nehmen. Ihre Diät soll 1500 Kalorien enthalten.

Zum ersten *Frühstück* essen Sie 3 BE, die Kalorienzahl beträgt 380. Das entspricht 75 g Roggenbrot und 10 g Butter und 60 g Schmelzkäse. Kaffee mit Süßstoff und wenig Kondensmilch oder Tee mit Süßstoff und Zitronensaft sind ohne Berechnung erlaubt.

Als *erste Zwischenmahlzeit* nehmen Sie 1 BE zu sich, zum Beispiel ein Viertelliter Milch mit 1,5 % Fettgehalt (110 Kalorien).

Ihr *Mittagessen* kann aus einem Pichelsteiner Eintopf bestehen. Diese Mahlzeit enthält 3 Broteinheiten und 510 Kalorien. Für den Eintopf brauchen Sie 100 g Rindfleisch, 10 g Fett, 200 g Gemüse, 120 g Kartoffeln. Sie braten die Fleischwürfel an und schichten Kartoffeln, Lauch, Blumenkohl, Bohnen und Zwiebeln dazu und gießen entfettete Brühe dazu. Als Nachtisch dürfen Sie einen Pfirsich essen, ca. 100 g.

Als *zweite Zwischenmahlzeit* essen Sie 150 g Erdbeeren, das entspricht wieder 1 BE und enthält 60 Kalorien.

Das *Abendbrot* enthält 3 BE und 390 Kalorien. Es besteht aus Schinken-Käse-Toast, Feld- und Obstsalat. Ihr Toastbrot darf 50 g wiegen, dazu nehmen Sie Tomaten in beliebiger Menge, 30 g Schinken und 30 g Edamer Käse. Sie belegen das Toastbrot mit Tomatenscheiben und magerem Schinken, legen Käsescheiben darüber und überbacken das Ganze. Den Feldsalat richten Sie mit einer Joghurtmarinade an. Als Nachtisch dürfen Sie noch 120 g ungesüßten Obstsalat zu sich nehmen.

Als *Spätmahlzeit* sind dann noch 20 g Diabetikerzwieback (das sind ungefähr zwei Stück) erlaubt. Sie enthalten 1 BE und 75 Kalorien. Der Gesamt-Kaloriengehalt Ihrer Tagesmahlzeit entspricht dann 1525 Kalorien.

Wichtig für alle Diabetiker

Bei Typ-I- oder Typ-II-Diabetikern, die mit konventioneller Insulintherapie behandelt werden, empfiehlt sich ein Tagesplan, der auf viele kleine Mahlzeiten verteilt ist. Die kleinen Mahlzeiten belasten den Blutzucker nicht so stark, und das Verzögerungsinsulin wird über den Tag besser ausgenutzt.

Patienten, die mit der intensivierten Insulintherapie oder der Pumpentherapie behandelt werden, können sich auf die üblichen drei Mahlzeiten am Tag beschränken oder auch mal eine auslassen. Für viele Diabetiker bedeutet dies einen großen Schritt in Richtung Freiheit: Endlich nicht mehr essen zu *müssen*, sondern nur dann zu essen, wenn man wirklich Appetit hat — auch wenn dies eine viel intensivere Mitarbeit seitens des Diabetikers erfordert.

Süße Speisen für Diabetiker

Für all diejenigen, die jetzt Angst haben, wegen ihres Diabetes nie wieder Süßspeisen essen zu dürfen, möchte ich im folgenden einige von mir erprobte Rezepte darstellen. Diese Rezepte sind alle entweder mit Natreen-Diätsüße oder Sugrinetten-Diätsüße gesüßt.

SÜSSES ALS HAUPTGERICHT

Reisauflauf mit Quark

Zutaten: ½ l Milch, eine Prise Salz, 150 g Reis, 2 Teelöffel Natreen flüssig, 50 g Margarine, 3 Eigelb, 250 g magerer Speisequark, 3 Eiklar.

Zubereitung: Milch, 1 Prise Salz und Zitronenschale aufkochen, Reis hinzugeben, einige Minuten kochen, einen Teelöffel Natreen flüssig unterrühren und 30 bis 40 Minuten bei milder Hitze langsam garen. Den Milchreis in eine gefettete Auflaufform füllen. Margarine und Natreen flüssig cremig rühren, Eigelb und Quark dazugeben. Eiklar mit Natreen flüssig zu steifem Schnee schlagen und locker unter die Quarkmasse heben. Auf den Reis verteilen und ca ¾ Std. bei stärkerer Oberhitze backen. Das Rezept ergibt 4 Portionen.

Eine Portion enthält: 37 g Kohlenhydrate, 20 g Fett, 23 g Eiweiß, 420 Kalorien, ca. 3 BE. Dieses Rezept wird vor allem von Kindern sehr geschätzt.

*

Kaiserschmarrn

Zutaten: 2 Eier, 120 g Milch, 40 g Mehl, Salz, Vanillemark, 5 g Öl, 2 Sugrinetten oder 1 Teelöffel Natreen flüssig.

Zubereitung: Mehl mit der Milch und den Sugrinetten oder Natreen flüssig glattrühren, eine kleine Prise Salz dazugeben, dann Eigelb und zum Schluß den steifgeschlagenen Eischnee unterheben. Die Masse in einer teflonbeschichteten Pfanne auf beiden Seiten goldgelb backen und vor dem Anrichten in grobe Stücke zerstoßen.

Eine Portion enthält: 20 g Eiweiß, 20 g Fett, 415 Kalorien, dies entspricht etwa 3 BE.

SÜSSE NACHSPEISEN

Quarkcreme mit Brombeeren

Zutaten: 400 g Magerquark, 400 g möglichst reife Brombeeren, 10 g Leinsamen, 2 Teelöffel Natreen flüssig, ½ Vanillestange, 1 Ei.

Zubereitung: Brombeeren verlesen und nur waschen, wenn unbedingt nötig. In einer Schüssel mit 1 Teelöffel Natreen flüssig gründlich, aber vorsichtig mischen. Das ganze Ei mit einem Teelöffel Natreen flüssig und dem ausgeschabten Mark der halben Vanillestange sehr schaumig schlagen, dann den Quark unterrühren. Leinsamen in der trockenen Pfanne anrösten und abkühlen. Brombeeren auf 4 Gläser oder Schalen verteilen. Quarkcreme darübergeben und mit Leinsamen bestreuen. Entweder sofort servieren oder im Kühlschrank eine Stunde durchkühlen lassen. Das Rezept ergibt 4 Portionen.

Eine Portion enthält: 11 g Kohlenhydrate, 20 g Eiweiß, 3 g Fett, 151 Kalorien, ca. 1 BE.

*

Joghurtköpfli

Zutaten: 360 g Joghurt, 225 g Erdbeeren, Himbeeren oder Johannisbeeren oder 195 g Orange oder 1,5 BE beliebig anderes Obst, Zitronensaft, 8—10 g Gelatine.

Zubereitung: 6 Sugrinetten auflösen und mit Joghurt und Zitronensaft gut verschlagen. Dann gelöste Gelatine, Obst in Stückchen dazugeben, stocken lassen, evtl. im Joghurtbecher. Auf Glasteller stürzen und mit einem zurückbehaltenen Obststückchen verzieren. Dieses Rezept ist für 3 Personen.

Es enthält: 25 g Eiweiß, 14 g Fett, 3 BE, 361 Kalorien.

*

Rotweinbirnen

Zutaten: 4 kleine Birnen à 100 g, ½ l trockener Rotwein, ½ Zitrone, naturrein, in Scheiben, Saft von ½ Zitrone, ½ Zimtstange, 1 Prise Muskat, 1 Eßlöffel Natreen flüssig.

Zubereitung: Birnen schälen, nicht zerteilen, Blütenansatz ausstechen, Stiel dranlassen. Alle anderen Zutaten aufkochen, Birnen hineingeben. Wenn sie von der Flüssigkeit nicht ganz bedeckt sind, öfter wenden, damit sie sich gleichmäßig färben und auf kleiner Flamme nicht zu weich kochen. Das kann je nach Birnensorte und Reifegrad 10 bis 30 Minuten dauern. Garprobe mit einem Holzspießchen machen. Birnen herausnehmen und den Sud auf ⅓ einkochen lassen, abkühlen. Pro Portion 1 Birne mit ¼ des Sirups übergießen. Gut zugedeckt sind die Birnen im Kühlschrank 2 bis 3 Tage haltbar. Das Rezept ergibt 4 Portionen.

Eine Portion enthält: 14 g Kohlenhydrate, 0,6 g Eiweiß, 137 Kalorien, ca. 1,2 BE.

*

Apfel-Mandel-Schnee

Zutaten: 2 Äpfel à 150 g, 2 Eiweiß, Saft von ½ Zitrone, 10 g Mandelblättchen, geröstet, 125 g geschlagene Sahne, 1 Teelöffel Natreen flüssig.

Zubereitung: Äpfel waschen, gut abreiben und mit der Schale auf der Rohkostreibe grob raspeln, sofort mit Zitronensaft und Natreen flüssig gut mischen. Mandelblättchen in der trockenen Pfanne goldgelb rösten und abkühlen lassen. Eiweiß sehr steif schlagen. Zuerst die geschlagene Sahne unter die Äpfel heben, dann den Eischnee. Auf 4 Gläser oder Schalen verteilen, mit Mandelblättchen bestreuen und sofort servieren. Dieses Rezept ergibt 4 Portionen.

Eine Portion enthält: 10 g Kohlenhydrate, 3 g Eiweiß, 10 g Fett, 142 Kalorien, 0,8 BE.

Auch auf eisgekühlte Köstlichkeiten brauchen Diabetiker nicht zu verzichten.

Himbeerschaumsorbet

Zutaten: ¼ l frisch gepreßter Himbeersaft, 2 Teelöffel Natreen flüssig, 2 Teelöffel Zitronensaft, 4 Eiklar, 4 Eßlöffel trockener Weißwein.

Zubereitung: Himbeersaft mit Natreen flüssig und Zitronensaft verrühren. 2 Eiklar steif schlagen und unter den Saft ziehen. In der Eisschale in das Gefrierfach im Kühlschrank geben. Nach 1 Std. frosten mit dem Schneebesen in der Eisschale nochmals aufschlagen, so daß der abgesetzte Saft bindet. 1 Std. weiter gefrieren. Die beiden restlichen Eiklar sehr steif schlagen. Jetzt sehr schnell arbeiten: Eismasse in eine Schüssel stürzen, mit Schneebesen aufschlagen, steifen Eischnee unterziehen, auf 6 vorgekühlte große Gläser verteilen und je mit einem Eßlöffel eiskaltem Weißwein übergießen. Das Rezept ergibt 6 Portionen.

Eine Portion enthält: 4 g Kohlenhydrate, 3 g Eiweiß, 33 Kalorien, 1/3 BE.

*

Schokoladeneis

Zutaten: 1/2 l Milch, 100 g Diabetikerschokolade Edelbitter, 1/4 Stange Vanilleschote, 10 g Gustin = 1/2 Eßlöffel, 2 Eigelb, 1 1/2 Teelöffel Natreen flüssig.

Zubereitung: Milch mit der Schokolade zum Kochen bringen. Vanilleschote aufschneiden, ausschaben und zu der Milch geben. Das angerührte Gustin hineingeben, aufkochen lassen und langsam zu dem mit Natreen flüssig verrührten Eigelb geben. Nach dem Erkalten gefrieren lassen. Das Rezept ergibt 5 Portionen.

Eine Portion enthält 16 g Kohlenhydrate, 14 g Fett, 6 g Eiweiß, 214 Kalorien, 1 1/3 BE.

Auch Kuchen kann man ausgezeichnet mit flüssigen Süßstoffen süßen.

Hefezopf

Zutaten: 160 g Mehl, 100 g Magerquark, 1 Ei, 20 g Margarine oder Butter, 10 g frische Hefe, 2 Eßlöffel fettarme Milch, 20 g geraspelte Nüsse, 5 Tropfen Sugrinetten Z flüssig.

Zubereitung: Hefe, Milch und Sugrinetten Z flüssig verrühren, warm gehen lassen. Übrige Zutaten mit dem Hefevorteig mischen und gut kneten. Nochmals gehen lassen. Zopfform auf gefettetes Blech legen, ca. 1 Std. backen. Zopf nach dem Bakken mit wenig zerlassener und mit Sugrinetten Z flüssig gesüßter Butter bestreichen. 10 Portionen daraus schneiden.

Eine Portion enthält: 7 g Eiweiß, 4 g Fett, 105 Kalorien, 1 BE.

*

Mandeltorte

Zutaten für den Teig: 6 ganze Eier, 2 Eigelb, 250 g Mandeln, ohne Schale gerieben und in der trockenen Pfanne leicht angeröstet, 1 Eßlöffel Natreen flüssig, abgeriebene Schale von einer halben Zitrone, ca. 1 Teelöffel Bittermandelaroma.

Zutaten für den Belag: 40 g Diätkonfitüre Aprikose, 30 g Mandelblättchen geröstet.

Zubereitung: 4 Eier trennen und das Eiweiß beiseite stellen. Die 4 Eigelb mit den restlichen 2 ganzen Eiern und den zusätzlichen 2 Eigelb in eine Schüssel geben und zusammen mit 2 Eßlöffel warmem Wasser und Natreen flüssig sehr schaumig rühren. Die 4 Eiweiß mit ein paar Tropfen Zitronensaft zu einem festen Schnee schlagen. Auf die Eigelbmasse die geriebenen Mandeln schütten, Zitronenschale darüberreiben, Bittermandelaroma auftropfen, darüber den Eischnee geben und alles mit dem Schneebesen so vorsichtig untereinanderheben, daß der Eischnee nicht zusammenfällt, also auf keinen Fall rühren! Eine Springform von 24 cm Durchmesser mit Backtrennpapier auslegen, den Teig hineinlöffeln, nicht schütten! Im vorgeheizten Backofen bei 200° ca. 1 bis 1 ½ Std. backen. In der ersten ½ Std. sollte die Unterhitze stärker als die Oberhitze sein. Hölzchenproben machen; falls der Kuchen gar ist, dürfen keine Krümel mehr an dem Stöckchen haften. Wenn die Torte aus dem Ofen kommt, 10 Min. in der Form auskühlen lassen mit gelöstem, aber nicht abgenommenem Springformring. Dann auf einen Rost stürzen, die Form entfernen und das Backtrennpapier vorsichtig abziehen. Die Oberfläche der ausgekühlten Torte mit der Aprikosenkonfitüre bestreichen und mit Mandelblättchen bestreuen. Aus dieser Torte können 16 Stücke geschnitten werden.

1 Stück enthält: 4 g Kohlenhydrate, 6 g Eiweiß, 12 g Fett, 148 Kalorien, ⅓ BE.

*

Schokoladenherzen

Zutaten: 200 g Mehl, ½ Teelöffel Backin, 1 Ei, 1 ½ Teelöffel Natreen flüssig, Rumaroma, 50 g Margarine, 50 g Kakao, 1 Eigelb, 2 Eßlöffel Milch (= 20 g), 25 g Mandeln.

Zubereitung: Mehl und Backpulver auf ein Backbrett sieben. In die Mitte eine Vertiefung drücken. Ei, Natreen flüssig und Rumaroma hineingeben. Alle Zutaten schnell verkneten. Ca. 30 Minuten kalt stellen. Gleichmäßig ausrollen und Herzen ausstechen. Eigelb mit Milch verrühren und Plätzchen bepinseln. Abgezogene, geschnittene Mandeln darauf verteilen und auf gefettetem Backblech bei 200° ca. 10 Min. backen.

Das Rezept enthält: 159 g Kohlenhydrate, 72 g Fett, 41 g Eiweiß, 1448 Kalorien, ca. 13 BE.

*

Waffeln

Zutaten: 150 g Margarine, 2 Teelöffel Natreen flüssig, Vanillemark aus der Vanilleschote, abgeriebene Schale von einer halben Zitrone, 3 Eier, 150 g Mehl, 1 Messerspitze Backin, 30 g Rum 38 %, 100 g Milch.

Zubereitung: Margarine und Natreen flüssig verrühren. Vanillemark, abgeriebene Zitronenschale und Eier hinzugeben. Alles schaumig rühren. Mehl mit Backpulver vermischen. Rum zu der Milch geben und die Flüssigkeit abwechselnd mit dem

Mehl unterrühren. Den dickflüssigen Teig mit einem kleinen Schöpflöffel in das gefettete heiße Waffeleisen geben und goldgelb backen. Das Rezept ergibt 10 Herzenwaffeln.

1 Waffel enthält: 12 g Kohlenhydrate, 14 g Fett, 4 g Eiweiß, 197 Kalorien, 1 BE.

Als Zwischenmahlzeit eignen sich besonders gut fruchtige Milchmixgetränke.

Buttermilch-Mixgetränk

Zutaten: ¾ l Buttermilch, 1½ Teelöffel Natreen flüssig, ¼ l Gemüsesaft (rote Rüben, Möhrensaft), 100 ml Orangensaft, Saft von einer Zitrone.

Zubereitung: Buttermilch mit Natreen flüssig, Obst- und Gemüsesaft im Mixgerät oder mit einem Schneebesen gut verschlagen, in Gläser füllen und direkt servieren. Das Rezept ergibt 5 Portionen.

Eine Portion enthält: 12 g Kohlenhydrate, 2 g Fett, 7 g Eiweiß, 97 Kalorien, 1 BE.

*

Erdbeermilch

Zutaten: 100 g Erdbeeren, 1 Teelöffel Zitronensaft, 1 Teelöffel Natreen flüssig, ¼ l Milch.

Zubereitung: Die Erdbeeren säubern und mit einer Gabel fein zerdrücken. Den Zitronensaft und Natreen flüssig untermischen. Die eisgekühlte Milch zugießen und mit dem Schneebesen kräftig durchschlagen. Das Rezept ergibt 2 Portionen.

Eine Portion enthält: 10 g Kohlenhydrate, 4 g Fett, 5 g Eiweiß, 99 Kalorien, ca. ¾ BE.

*

Apfelsinenmilch

Zutaten: ½ l Apfelsinensaft, ½ l Milch, 1 Teelöffel Natreen flüssig, etwas Zitronensaft.

Zubereitung: Apfelsinen auspressen. Den Saft mit kalter Milch, Natreen flüssig und etwas Zitronensaft verschlagen. In Gläser füllen und direkt servieren. Das Rezept ergibt 5 Portionen.

Eine Portion enthält: 15 g Kohlenhydrate, 4 g Fett, 5 g Eiweiß, 119 Kalorien, 1 ¼ BE.

Kein Grund, auf Süßes zu verzichten

Wie sie anhand dieser Rezepte sehen können, gibt es keinen Grund für Diabetiker, auf süße Naschereien zu verzichten. Ein zusätzlicher Vorteil beim Einsatz von Süßstoffen ist, daß natürlich viele Kalorien gespart werden können, wenn man statt Zucker Süßstoff einsetzt.

Der richtige Einkauf

Heutzutage findet man selbstverständlich auch in fast jedem Supermarkt ein größeres Angebot an Diätartikeln, z. B. Schokolade, Kekse, Kuchen und Marmeladen. All diese Sachen sind entsprechend ausgezeichnet:

> Man findet die *BE-Angabe* meistens hinten auf der Pakkung.

Auch Diäteis wird heute in fast allen Läden für Diabetiker angeboten. Da es sich in all diesen Fällen um Diät-Lebensmittel handelt, sind die Hersteller gezwungen, eine genaue Angabe der Zutaten zu machen:

> *Aber Vorsicht!*
> Nicht alle kalorienreduzierten Lebensmittel sind wirklich ganz ohne Zucker. Nur Süßigkeiten mit dem Aufdruck »Für Diabetiker geeignet« sind wirklich für Zuckerkranke bestimmt.

Das Essen bewußter erleben

Bei einer ausgewogenen Ernährung, die viel Obst, Gemüse und Vollkornprodukte enthält, geht das Bedürfnis nach Süßigkeiten immer mehr zurück. Ich kenne viele Diabetiker, die mehr Wert auf ein gutes Stück Fleisch oder ein schönes Gemüse legen als auf irgendwelche Süßspeisen. Das Bedurfnis nach süßen Sachen verliert sich mit der Zeit immer mehr. Auch bei Nichtdiabetikern, die wenig Süßspeisen zu sich nehmen, ist das Bedürfnis nach Süßigkeiten geringer als bei Menschen, die es gewohnt sind, regelmäßig viele süße Sachen zu essen. Der Diabetes ist eigentlich nur ein wichtiger Grund, sich ganz bewußt mit dem Essen auseinanderzusetzen. Das heißt, seine Mahlzeiten ganz bewußt zusammenzustellen und auszuwählen und Essen nicht einfach wahllos hinunterzuschlingen. So gesehen hilft einem der Diabetes einfach, das Leben bewußter wahrzunehmen. Wenn ich mir ansehe, wie mühevoll die meisten Menschen heutzutage versuchen, zu einer gesunden Ernährungsform zu kommen, kann ich nur sagen, wir Diabetiker haben es da sehr viel besser. Wir müssen uns, durch unsere Krankheit gezwungen, viel mehr mit diesen Fragen beschäftigen und auch viel schneller und endgültiger zu anderen Formen der Ernährung kommen.

Test II
Diät-Test

Test II

1. Die Diät eines Zuckerkranken muß viel Zucker enthalten.

   a) richtig ○

   b) falsch ○

2. Auf den Fettgehalt der Nahrung muß in der Diabetesdiät nicht geachtet werden.

   a) richtig ○

   b) falsch ○

3. 12 Gramm Kohlenhydrate entsprechen einer Broteinheit.

   a) richtig ○

   b) falsch ○

4. Alle Gemüsearten müssen in der Diät des Zuckerkranken berechnet werden.

   a) richtig ○

   b) falsch ○

5. Mehlschwitzen sind für Diabetiker besonders geeignet.

a) richtig ○

b) falsch ○

6. Fruchtzucker ist ein geeigneter Zuckeraustauschstoff. Er muß im Rahmen eines Diätplanes angerechnet werden.

a) richtig ○

b) falsch ○

7. Für die Diabetes-Diät darf nur nach einem guten Diabetes-Kochbuch gekocht werden.

a) richtig ○

b) falsch ○

8. Käsekuchen enthält so wenig Zucker, daß er bedenkenlos auch von Diabetikern gegessen werden darf.

a) richtig ○

b) falsch ○

Vertrauen ist gut — Kontrolle ist besser

Kontrolle gibt Sicherheit

In Abwandlung eines Lenin-Zitates, das im Zuge der kontrollierten Abrüstung sogar Ronald Reagan in den Mund geriet, läßt sich für Zuckerkranke resümieren: Vertrauen (in die eigene Beobachtungsgabe) ist gut, Kontrolle ist besser.

Kontrolle gibt die Sicherheit, die man für ein positives Lebensgefühl braucht. Was Psychologen schon lange, viele Ärzte aber offenbar noch lange nicht wissen: Motivieren lassen sich die meisten Menschen nur durch positive Aussichten, weit weniger durch Drohung mit Strafe. Also nicht: Du MUSST regelmäßig kontrollieren, um Spätschäden zu entgehen, sondern: Du wirst spüren, wie gut es dir geht, wenn du durch regelmäßiges Kontrollieren Zuckerschwankungen und ihre Streßfolgen vermeiden kannst.

> Um seine Zuckerwerte optimal einstellen zu können, muß der Diabetiker Schwankungen frühzeitig erkennen und ausgleichen können. *Häufige Stichproben* sind das A und O der Kontrolle.

Die hier im Folgenden aufgelisteten »Kontrollschritte« mögen bei erstem Lesen den Eindruck vermitteln, der Patient müsse nun Urin-Meß- und Aceton-Sticks zu seinem ausschließlichen Lebensinhalt machen. Dem ist natürlich nicht so! Was hier klingen mag, als würde man sein eigener Dauerpatient, reduziert sich in der täglichen Übung rasch auf ein gut erträgliches Maß.

Die vier Kontrollmöglichkeiten

Es gibt vier Möglichkeiten für den Diabetiker, seine Einstellung zu kontrollieren, bzw. kontrollieren zu lassen:

- Blutzucker-Teststreifen
- Harnzucker-Teststreifen
- HbA1-Wert
- Aceton-Teststreifen

BLUTZUCKER-TESTSTREIFEN

ermöglichen es, den aktuellen Zuckergehalt des Blutes zu messen. Das muß der Diabetiker in verschiedenen Lebenssituationen. Standardsituation: Man will etwas essen und muß folglich Insulin spritzen. Es reicht aber nicht, nur den »Gegenwert« der Nahrung in BE (Broteinheit) zu spritzen. Der augenblickliche Blutzuckerwert muß ebenso in die Berechnung der Dosierung eingehen. Ist etwa der Zuckerspiegel hoch, muß vergleichsweise mehr Insulin gespritzt werden als bei niedrigem oder normalem Stand.

Die Sticks sind einfach zu handhaben. Mit einer sogenannten Blutlanzette (eine Art Mini-Messerchen) oder mit einer Kanüle sticht man sich in die Fingerkuppe. Der erste Blutstropfen wird abgewischt, den zweiten Tropfen tupft man auf das sensible Reaktionsfeld des Meßsticks.
Nach kurzer Zeit (je nach Stick-Fabrikat 1 bis 2 Minuten Wirkungszeit) wischt man mit einem Tupfer das Blut ab.

Nach weiteren 1 bis 2 Minuten hat sich das Reaktionsfeld farblich verändert. Die Stick-Packung zeigt auf einer Farbskala, welcher Farbton welchem Zuckerwert entspricht.

Es gibt auch handliche Blutzuckermeßgeräte, die den Farbwert genauer interpretieren können, als es dem menschlichen Auge möglich ist. Diese Geräte sind vor allem für sehbehinderte Patienten unverzichtbar.

Kosten für Sticks werden für insulinspritzende Diabetiker von den Kassen übernommen. Die relativ teuren Blutzuckermeßgeräte müssen nicht von den Kassen übernommen werden — im Zweifelsfall entscheidet das Gutachten eines behandelnden Diabetologen.

HARNTESTSTREIFEN

Mit Harnteststreifen läßt sich kein aktueller Zuckerwert ermitteln — sie gestatten lediglich einen groben Überblick über die Blutzuckerlage der vergangenen Stunden.

Um das zu verstehen, ist ein kleiner Exkurs in die Niere nicht zu umgehen. Die Niere schwemmt Zucker *erst dann* über den Harn aus dem Körper, wenn der Blut-Glucosegehalt einen Wert von circa 160 mg/Prozent überschreitet. Diese Grenze, die nicht bei allen Menschen exakt gleich hoch liegt, heißt »Nierenschwelle«.

Das heißt: Harnstreifen können lediglich anzeigen, ob in den vergangenen Stunden die Nierenschwelle überschritten wurde oder nicht. Diese Grobinformation nutzt Typ-I-Diabetikern nichts, die jeweils schnell mit Insulin auf aktuelle Zuckerwerte reagieren müssen.

Für einen Typ-II-Diabetiker, der sich bemüht, ohne Insulinzufuhr von außen und per Diät akzeptable Blutzuckerwerte zu erreichen, kann der Harnstreifen sehr wohl eine Information geben: Zeigt der Streifen keine Zuckerausscheidung an, darf er davon ausgehen, daß alles in Ordnung ist.

HBA1

Der HbA1-Test (Hb steht für Hämoglobin, rote Blutkörperchen) ermöglicht Aussagen darüber, wie gut oder schlecht der Blutzucker in den letzten drei Monaten eingestellt war. Dieser Test kann bei jedem praktischen Arzt gemacht werden.

ACETON-TESTSTREIFEN

Der Sinn von Acetontests läßt sich, mit einfachen Worten, nur schwer beschreiben, wenn man nicht sagen kann, was Aceton ist. Um das Problem deutlich zu benennen: Hier stoßen wir an eine »Grenze der Zumutbarkeit«. Es scheint mir schlechterdings unmöglich, einem nicht medizinisch vorgebildeteten Laien zu erklären, was Aceton ist. Darum an dieser Stelle eine Hilfsformulierung, deren Unzulänglichkeit mir die Fachleute nachsehen mögen:
Bei stark überhöhten Blutzuckerwerten »entgleist« der Stoffwechsel. Es kommt zu einer starken Übersäuerung im Körper. Ein verhältnismäßig leicht nachzuweisender Stoff, der diese Krisensituation im Körper anzeigt, ist die Fettsäure Aceton.

Aceton läßt sich, ähnlich wie Zucker, per Stick im Urin nachweisen. Auch hier verfärbt sich ein Meßfeld, dessen Farbe einem bestimmten Acetonwert entspricht.
Bei hohen Blut- und Harnzuckerwerten kommt es fast sicher auch zu Aceton-Ausscheidungen im Urin.

Schock und Koma

Die Warnsignale des Körpers

Es gibt verschiedene Warnsignale des Körpers, die einem Diabetiker sagen können, daß etwas — oder was — mit seinen Blutzuckerwerten nicht in Ordnung ist. Die deutlichsten, die schrillsten sind Schock und Koma. Der Körper sagt unmißverständlich, daß es so nicht weitergeht!

Mediziner benutzen diese umgangssprachlichen Ausdrücke nur, um sich allgemeinverständlich auszudrücken; sie sprechen lieber von »Hypoglykämie« und »Hyperglykämie« — Unterzuckerung und Überzuckerung. Im Patientenjargon heißt akuter Glucosemangel nonchalant »Hypo«.

> Wenn der Gehalt an Glucose im Blut unter eine kritische Schwelle absackt (50 Milligramm pro hundert Milliliter Blut), entsteht im Körper die Situation einer bedenklichen Unterversorgung der Zellen — eine Hypoglykämie droht.

Akut gefährdet ist das Gehirn, das nicht nur bei Sauerstoff-, sondern auch bei Glucosemangel sensibler reagiert als andere Organe.
Normalerweise kann der Diabetiker dieser Krisensituation rechtzeitig begegnen, indem er sofort schnellverdauliche kohlenhydratreiche Nahrung aufnimmt (zum Beispiel Obstsäfte). Wenn die Drohung eines Schocks schon mehr manifest ist, wird sich der Diabetiker mit reinem Zucker behelfen, der am schnellsten ins Blut geht.

*Die Signale der Unterzuckerung —
für Patient und Beobachter nur schwer erkennbar*

Für den Beobachter macht sich ein Schock leider nicht eindeutig bemerkbar. Die typischen kleinen Schweißperlen über der Oberlippe bemerkt an heißen Sommertagen keiner. Eher schon fallen Verhaltensänderungen auf, wie Aggressivität ohne erkennbaren Grund, Albernheit, Zerstreutheit. Blasse, feuchtkalte Haut, »unmotiviertes« Gähnen und bleierne Müdigkeit können ebenfalls auf eine beginnende Hypoglykämie hindeuten.

Das Tückische: Der Diabetiker, der von Freunden auf seinen beginnenden Schock hingewiesen wird, reagiert dann plötzlich wieder mit einer scheinbar ganz glasklaren Analyse: Er stellt kategorisch in Abrede, daß irgend etwas mit ihm nicht stimme. Das ist erklärlich: Je tiefer der Blutzuckerwert absackt, desto weniger kann das Gehirn analytische Arbeit leisten. Der Patient kann seine Situation nicht mehr einschätzen. Sein Aufbäumen äußert sich, wie gesagt, nicht selten in der scheinbar klaren, vernünftigen Aussage, daß es ihm gutgehe. Der Diabetiker bemerkt in der Regel einen aufkommenden Schock an Zittrigkeit, Herzklopfen, Unruhe und leichte Kopfschmerzen. Lippen, Finger und Füße können zu kribbeln beginnen. Bisweilen machen sich Sehstörungen bemerkbar.

Signale wie diese — die nicht bei allen gleich und schon gar nicht vollständig auftreten — müssen für den Diabetiker bedeuten: *Sofort Blutzucker testen!!*

Achtung

Wenn die Signale schon sehr deutlich sind und/oder man nicht mehr in der Lage ist, seinen Zucker zu testen: Sofort Zucker essen! Zwei Päckchen Würfelzucker entsprechen einer BE.

Jeder Diabetiker sollte eine solche Notreserve an Zucker griffbereit (also nicht irgendwo im Kofferraum oder im Hotelzimmer) bei sich haben.

Es ist weniger gefährlich, vier Zuckerstückchen zuviel zu essen als zuwenig.

Erste Hilfe durch den Partner

Wenn der Diabetiker (aus eigener Kraft oder mit fremder Hilfe) die Zucker-Notbremse nicht mehr ziehen kann, kommt es zu einer tiefen Ohnmacht, aus der sich der Zuckerkranke aus eigener Kraft nicht mehr befreien kann.

In vielen Fällen ist aber auch jetzt noch Soforthilfe durch Angehörige oder Freunde möglich.

Ein Mittel namens *Glucagon*, von »Eingeweihten« einfach in den Muskel gespritzt, bewirkt, daß die Zuckerreserven der Leber für den Körper verfügbar gemacht werden. (Aus Glykogen wird wieder Glucose, siehe S. 12)

»Eingeweiht« heißt einfach nur, daß Menschen, die dem Patienten nahestehen, wissen, wo das Mittel liegt und wie man es mischt und spritzt.

Wenn im Falle eines Schocks keiner Glucagon spritzen kann, muß ein Arzt gerufen werden, der dann intravenös Glucose spritzt.

Die Ursachen

Gefährliche Unterzuckerung droht immer nach starken körperlichen Anstrengungen, wenn Mahlzeiten vergessen wurden oder zuviel Insulin gespritzt wurde.

Überzuckerung (Hyperglykämie) — deutliche Symptome

Bisher war ausschließlich von Unterzuckerung (dem hypoglykämischen Schock) die Rede, der häufiger auftritt als sein Gegenteil, die Hyperglykämie (Überzuckerung).
Die Symptome eines hyperglykämischen Koma — meist auch noch mit einer Übersäuerung des Körpers verbunden — sind unübersehbar: starke Übelkeit, Erbrechen, quälender Durst, Oberbauchschmerzen, Atembeschwerden.
Ähnlich wie bei der Unterzuckerung reagiert der Patient nicht mehr sinnvoll. Diabetiker berichten, daß sie bei beginnendem Koma nicht mehr fähig waren, logisch zu denken und zu handeln. Was normalerweise jeder Diabetiker reflexmäßig macht, hohen Zucker mit Insulin zu reduzieren, fällt dem Diabetiker in dieser Krisensituation oft nicht mehr ein.

Achtung!

> Einzig denkbares Fazit: Wenn der Diabetiker irgendwelche der genannten Anzeichen verspürt: Sofort (!) Zucker kontrollieren und Mitbewohner (die hoffentlich über Diabetes Bescheid wissen) informieren! Einen Arzt hinzuziehen, sobald offensichtlich wird, daß man die Lage selbst nicht mehr in der Hand hat!

Der »Vorteil« bei Überzuckerung:

Die Symptome sind, verglichen mit dem diffusen Bild bei Unterzuckerung, so unverkennbar und drastisch, daß sie der Patient in aller Regel nicht übersehen oder ignorieren kann. Die manifeste Drohung: Sollte der Diabetiker — aus welchen

Gründen auch immer — dennoch zu spät reagieren, besteht akute Lebensgefahr.

Mögliche Ursachen

Besondere Aufmerksamkeit ist immer dann geboten, wenn der Körper wegen zusätzlicher Belastungen, etwa durch Fieber, beansprucht ist. In solchen Situationen ist der Zuckerkranke leicht geneigt, Symptome eines beginnenden Komas dem akuten Infekt zuzuschreiben.

Wie im richtigen Leben

Erfahrung mit einem Koma

Erfahrung mit einem Koma

Kurze Zeit nach der zweiten Entbindung zogen wir nach Oldenburg. Ich kann mich noch genau erinnern, wie stressig ich diesen Umzug empfunden habe. Diese Wochen zwischen Möbelstücken und unausgepackten Kartons, zwischen Farbkübeln und Werkzeugkisten und mittendrin die beiden kleinen Mädchen, zweieinhalb Jahre und neun Monate alt, die ihr Recht forderten.

Ich war in ständiger Hetze und mein Zucker schwankte wild hin und her. Obwohl ich nun wirklich genug zu tun hatte, fühlte ich mich in Oldenburg mit meiner Rolle als Hausfrau und Mutter nicht ausgefüllt und fing wieder an, halbtags zu arbeiten. Die Kinder wurden in dieser Zeit von einer Kinderfrau betreut. Dies alles, Haushalt, zwei Kinder und der Job, war offenbar doch etwas zuviel für mich. Mein Zucker schwankte sehr stark und zu allem Überdruß hatte auch noch meine Schilddrüse eine Überfunktion entwickelt. Ich wurde immer schmaler, nervöser und unruhiger.

Schon zehn Monate später stand der nächste Umzug ins Haus. Mein Mann hatte in München eine Stelle angeboten bekommen, und wir nahmen die Chance wahr. Zum Abschied luden wir noch einmal alle Leute, die wir während unserer kurzen Zeit in Oldenburg kennengelernt hatten, zu einem großen Fest ein. Das Fest verlief sehr harmonisch, und ich hatte mir große Mühe mit der Kocherei gegeben. Als mir dann in der Nacht sehr schlecht wurde, dachte ich zuerst, ich hätte nur zuviel getrunken. Ich mußte mich immer wieder übergeben und hatte wahnsinnigen Durst. Da mein Zucker nicht besonders hoch lag — so um 190 bis 250 — dachte ich mir weiter nichts dabei. Ich kam nicht auf die Idee, Aceton zu prüfen.

Mein Zustand verschlechterte sich rapide, und schon am nächsten Morgen konnte ich nicht mehr alleine aufstehen. Ich hatte ständig Atembeschwerden: dauernd dieses Gefühl, nicht wieder ausatmen zu können. Meine Mutter kam und kümmerte sich um die Kinder, ich wurde in ein Krankenhaus gebracht. Inzwischen ging es mir so schlecht, daß ich mich kaum noch artikulieren konnte. Vor allem versetzten mich diese Atemschwierigkeiten in Panik. Ich hatte so etwas noch nie erlebt.

In der Klinik untersuchten sie meinen Zucker und waren ziemlich ratlos. Ein Koma, so meinten sie, könne es nicht sein: Die Zuckerwerte waren immer noch nicht sonderlich hoch, so um 260. Ich hatte einen höllischen Durst, mußte aber alles, was ich getrunken hatte, sofort wieder von mir geben. Mittlerweile hatten die Ärzte ihre Diagnose gestellt: Ich sei hysterisch. Sie spritzten mir Beruhigungsmittel, weil sie annahmen, meine Atembeschwerden seien rein psychischer Natur. Gegen Abend ging es mir immer schlechter, und ich war kaum noch ansprechbar. Ein neu dazugekommener Arzt hatte endlich die Idee, meinen Urin auf Aceton zu prüfen. Dann erinnere ich mich an nichts mehr genau. Ich weiß nur noch, daß ich auf der Intensivstation aufwachte und merkte, daß ich beatmet wurde. Das war meine erste Erfahrung mit einem acetonischen Koma. Meine Zuckerwerte waren inzwischen auch gestiegen, aber nachdem ich genügend Insulin und Flüssigkeit per Tropf bekommen hatte, ging es mir zusehends besser. Ich wurde auf die normale Station verlegt und vorläufig künstlich ernährt.

Nach zwei Tagen erklärte mir der Stationsarzt, nun sei es ja wohl nicht mehr notwendig, mich per Tropf zu ernähren. Ich solle jetzt wieder anfangen, normal zu essen. Und mir wurde doch schon schlecht, wenn ich nur an Essen dachte! Es half nichts, ich bekam die normale Diät. Ich schaffte es kaum, auch nur drei Happen zu essen, ohne mich wieder zu über-

geben. Daraufhin brachten mir die Schwestern Milch und gaben mir den guten Rat, ich solle mich nicht so anstellen. Ich solle doch endlich wieder vernünftig essen, sonst käme ich nie wieder auf die Beine.

In diesen Tagen hatte ich sehr stark abgenommen und war inzwischen auch ziemlich schwach. Die furchterregenden Symptome fingen wieder an: Ich konnte nicht mehr ausatmen und rang dauernd nach Luft. Und wieder die gleiche Situation: Ich bekam Beruhigungsmittel, denn allem Anschein nach hatten die Ärzte auch unter dem Eindruck der zutreffenden Aceton-Diagnose ihre Meinung nicht geändert: Sie hielten mich nach wie vor für hysterisch. Irgendwann, als ich zum x-ten Mal nach der Schwester geklingelt hatte, weil ich das Gefühl hatte zu ersticken, geriet ich an eine Schwesternschülerin, die mir glaubte. Sie holte — ganz deutlich auf eigene Faust — einen anderen Arzt. Als der schließlich kam, war ich schon bewußtlos.

Ich habe sehr genaue Erinnerungen an dieses Koma. Ich habe gekämpft, mich gegen das Versagen des Körpers gewehrt und hatte große Angst zu sterben. Ich dachte an die Kinder und daran, daß ich eigentlich noch große Lust hatte, weiterzuleben. Plötzlich war diese Angst vorbei. Ich fühlte mich nur noch wohl und dachte: O. k., jetzt ist es halt soweit, ich laß mich einfach fallen.

Als ich aufwachte, fand ich mich auf der Intensivstation wieder und war zuerst einmal unheimlich sauer, daß man mich zurückgeholt hatte. Die Details erfuhr ich nach und nach: Meine Freundin hatte über meinen Mann die Fehldiagnose des Stationsarztes (Hysterie) mitbekommen und den Internisten in Hamburg benachrichtigt, der mich lange behandelt hatte. Er hat sofort im Krankenhaus angerufen und nachgefragt, was denn da eigentlich los sei. Auf seine beharrlichen (!) Fragen ga-

ben die behandelnden Ärzte schließlich zu, daß sie die ganze Zeit über schlicht vergessen hatten, weiterhin mein Aceton zu prüfen.
Heute weiß ich, daß ich den unerbittlichen Fragen dieses Hamburger Arztes verdanke, daß mein acetonämisches Koma behandelt wurde.
Als auch mein Vater und meine Schwester (beide Ärzte) im Krankenhaus anriefen und sich nach mir erkundigten, kam langsam etwas Bewegung in die Maschinerie, und die medizinische Behandlung wurde sorgfältiger.

Vor dem Oldenburger Desaster hatte ich keine Erfahrungen mit Aceton, ich konnte deshalb die Zeichen überhaupt nicht deuten. Nach diesem Zwischenfall habe ich mir geschworen, mich nie wieder allein *auf ein Krankenhaus oder* nur *auf Ärzte zu verlassen.*
Das Fast-Todeserlebnis hat mich denkbar deutlich darauf gestoßen: Ich muß möglichst viel, alles Verfügbare, über Diabetes wissen.
Auch nach der Entlassung aus dem Oldenburger Krankenhaus und der Übersiedelung nach München stabilisierte sich mein Gesundheitszustand nur auf ein eben erträgliches Maß: Meine Schilddrüse war immer noch nicht in Ordnung, und das wirkte sich wiederum auf meinen Blutzuckerspiegel aus. Er schwankte unberechenbar und ließ sich nicht gut einstellen. Ich wußte oft nicht, woran es eigentlich lag, daß ich so hohe Werte hatte oder daß ich schockte.
Ich bin dann in München zu einem Arzt gegangen, um mit ihm über die Schilddrüsen-Überfunktion zu reden. Da die Schilddrüse äußerlich nicht sonderlich vergrößert war, wollte mich zunächst niemand operieren. Erst als die Zuckerwerte immer schwieriger einzustellen waren, entschlossen sie sich, meine Schilddrüse zu entfernen. Nach dieser Operation fühlte ich mich das erste Mal seit zwei Jahren wieder einigermaßen le-

bendig und zufrieden. Mein Zucker hielt sich in normalen Grenzen. Ich wurde plötzlich wieder aktiv und hatte Unternehmungsgeist und Energie.

Doch der Frieden dauerte nicht lange. Inzwischen hatte sich überall an den Spritzstellen die Haut verändert. Sie schwoll an und begann zu jucken. Ich hatte bis dahin ein Rinderinsulin gespritzt, und was sich da am Körper zeigte, war offenbar eine Allergie auf dieses Insulin. Ich wurde also auf ein Schweineinsulin umgestellt, ebenfalls ein Verzögerungsinsulin.

Meistens überraschten mich die Schocks im Schlaf. Mein Mann, der mich in solchen Fällen sofort weckte (er ist in jahrelanger Übung zu einem sehr hellhörigen Schläfer geworden), mußte beruflich für ein halbes Jahr nach Zürich und konnte sich nicht um mich kümmern. Meine Kinder waren noch zu klein, sie hätten mir nicht helfen können. So haben wir dann die Gemeindeschwester gebeten, jeden Morgen nach mir zu sehen.

Mit diesem Verzögerungsinsulin und der ständigen Gefahr nächtlicher Schocks fühlte ich mich bedroht und unwohl: Ich war stets auf die Hilfe und Aufmerksamkeit anderer angewiesen.

Allerdings wußte ich bis dahin noch immer nicht, wie ich selbständig mit meiner Krankheit umgehen konnte. Ich hatte noch nie etwas von HbA1-Werten (s. S. 120) oder derartigen Dingen gehört, die einem die Möglichkeit geben, nachträglich den Erfolg der eigenen Bemühungen zu überprüfen: Wie gut habe ich wirklich auf meinen Zucker aufgepaßt?
Ich habe in München eigentlich nie einen Arzt gefunden, der akzeptierte, daß ich mit meinem Diabetes selbständig umgehen wollte. Zwar wurde ich regelmäßig alle zwei Wochen zu Tagesprofilen bestellt (dabei wird mehrmals am Tag der Blut-

zucker vom Arzt gemessen, um Schwankungen im Tagesverlauf feststellen und idealerweise beseitigen zu können), aber die hatten kaum Aussagewert: Der Blutzucker wurde nicht dann gemessen, wenn ich meine »Spitzenbelastungen« hatte. Meine selbstgemessenen Blutzuckerwerte dagegen wurden überhaupt nicht berücksichtigt.

Dem Arzt leuchtete nicht ein, warum er mit mir über eine neue Einstellung sprechen sollte. Schließlich war mein Zucker ja wieder relativ stabil, und es ging mir vergleichsweise gut. Trotzdem war ich mit meiner Einstellung noch nicht zufrieden. Die nächtlichen Schocks hatten nicht aufgehört und machten mir angst.

Ich hatte wieder angefangen zu arbeiten, und die Kinder besuchten den Kindergarten.

Test III
Schock — Koma

Test III

1. Eine Unterzuckerung führt immer sofort zu Bewußtlosigkeit.

   a) richtig ○

   b) falsch ○

2. Bei einer Unterzuckerung muß man Insulin spritzen.

   a) richtig ○

   b) falsch ○

3. Starke körperliche Anstrengung kann zu einem Schock führen.

   a) richtig ○

   b) falsch ○

4. Hypoglykämie ist der medizinische Fachausdruck für Unterzuckerung.

   a) richtig ○

   b) falsch ○

5. Bei einem Blutzuckerwert unter 60 mg/Prozent spricht man von einer Unterzuckerung.

a) richtig ○

b) falsch ○

6. Starker Durst, Übelkeit und Müdigkeit können Anzeichen für ein beginnendes diabetisches Koma sein.

a) richtig ○

b) falsch ○

7. Bei hohen Blutzuckerwerten spricht man von einer Hyperglykämie.

a) richtig ○

b) falsch ○

8. Bei einer Hyperglykämie muß man sofort Zucker zu sich nehmen.

a) richtig ○

b) falsch ○

Verhängnis oder nicht?
Spätschäden

Spätschäden durch Diabetes

Meine Geschwister, beide Nichtdiabetiker, sind Ärzte. Ich erinnere mich an ein seltsames Phänomen aus dem Reich der Selbsthypnose — bösartiger ausgedrückt: aus dem Reich der Hysterie.
Als sie, irgendwann nach dem Vorphysikum, Krankheitssymptome pauken mußten, »durchlebten« sie jedes neue Krankheitsbild. Nicht wirklich, aber doch — irgendwie — spürbar. Daran muß ich denken, bevor ich beginne, etwas Licht in das vielleicht düsterste Kapitel der Zuckerkrankheit zu bringen: Spätschäden.

Die Psyche

Die Gefahr von Diabetes-Spätschäden ist leider real. Real ist aber auch, daß Zuckerkranke, die noch jahrelang von Spätschäden entfernt sind — ja sie womöglich nie bekommen werden —, nur aus der Kenntnis unerfreulicher Eventualitäten heraus in die »typischen« Krankheiten flüchten.

Konkret: Die folgende Beschreibung typischer Diabetes-Spätschäden soll auf keinen Fall ein überängstliches, beständiges »Hineinhorchen« provozieren.
Aber mehr Angst als *reale* Drohungen macht erfahrungsgemäß Unklarheit, macht diffuse Drohung. Der Beschreibung von Spätschäden folgt eine Anleitung, wie man sie nach Möglichkeit früh erkennen und behandeln kann. Denn bei Spätschäden gilt, wie häufig in der Medizin, je eher man sie erkennt, desto besser sind die Heilungschancen.

Diabetiker erkranken häufiger und eher an Gefäßerkrankungen

Nachdem durch Entdeckung und Synthetisierung des Insulins ein Anfang gemacht war in der Bekämpfung der »Volksseuche«, fand die Wissenschaft schnell Zugang zum Gesamtbild dieser Krankheit. Und dazu gehören auch Langzeitschäden. So erkannte man, daß die Zuckerkrankheit nach längerer Dauer vor allem die Blutgefäße schädigen kann. Man stellte aber auch fest, daß man diesem Übel durch gleichmäßig gute Blutzuckereinstellung entgegenwirken kann.
Allerdings läßt sich daraus leider nicht folgern, der Diabetiker habe es *allein* in der Hand, Spätschäden zu vermeiden. Unstrittig ist, Diabetiker erkranken häufiger und eher als der Durchschnitt der Bevölkerung an Gefäßveränderungen.

Die Gefäßkrankheiten

Es gibt zwei große Gruppen von Gefäßkrankheiten (Angiopathien): erstens die Makro-Angiopathie, welche die großen und mittleren Arterien schädigt und gleichermaßen Diabetiker wie Nichtdiabetiker befällt; zweitens die Mikro-Angiopathie, welche die kleinsten Gefäße, die Kapillaren, befällt und gehäuft bei Diabetikern auftritt.
Die Makro-Angiopathie entspricht dem Krankheitsbild der Arteriosklerose (Gefäßverkalkung), von der fast jeder Mensch im Alter mehr oder weniger heimgesucht wird. Alters- und Jugenddiabetiker allerdings erkranken häufig früher und stärker an diesem Altersleiden.

Wenn die Herzkranzgefäße nicht mehr richtig durchblutet werden, droht ein Herzinfarkt — für Zuckerkranke und Nichtzuckerkranke. Doch letztere spüren in der Regel (anders als

Diabetiker) Warnsignale wie Enge und Druckgefühl oder Brennen hinter dem Brustbein, das häufig bei körperlicher Belastung, wie beim Treppensteigen, auftritt.
Die größeren und mittleren Blutgefäße der Beine sind am häufigsten betroffen. Solange der Körper nicht belastet wird, werden sie oft noch ausreichend durchblutet. Bei Anstrengungen aber treten typische Beschwerden auf: meist in der Wade oder auch im Oberschenkel. Der Betroffene muß dann immer öfter stehenbleiben, um die Schmerzen abklingen zu lassen. Der Volksmund nennt dieses Leiden auch »Die Schaufensterkrankheit«, weil der Geplagte sein Handicap zu vertuschen versucht, indem er sich scheinbar interessiert die Auslagen ansieht.

Verringerte Schmerzempfindlichkeit bei Diabetikern

Da aber bei Zuckerkranken häufig auch die Schmerzempfindlichkeit nachläßt, ist die Gefahr groß, daß eine angehende Makro-Angiopathie nicht rechtzeitig erkannt wird. Oft bemerken Diabetiker die Durchblutungsstörungen in den Beinen erst, wenn die Zehen oder der Fuß absterben und sich ein, wie Fachleute sagen, »Gangrän« entwickelt.
Man kennt heute eine ganze Reihe von Risikofaktoren, die diesen Gefäßkrankheiten Vorschub leisten. Zum Beispiel:

Rauchen, Übergewicht, zu hoher Blutdruck, überhöhte Blutfettwerte und die Zuckerkrankheit.

Wichtig!

● Fazit: Nicht *allein* die Zuckerkrankheit ruft Gefäßschäden hervor (und so erkranken auch keineswegs alle Diabetiker an Gefäßkrankheiten). Erst die Kombination von mehreren Risikofaktoren erhöht die Gefahr, daß sich mit fortschreitendem Alter Blutgefäße krankhaft verändern.

● Gerade Diabetiker sollten daher versuchen, die Risikofaktoren auszuschließen, die man willentlich im Griff hat.
Daß man aufhören kann, zu rauchen oder übermäßig zu essen, leuchtet jedem ein, aber auch Bluthochdruck kann man heute in den meisten Fällen effizient behandeln. Der Blutfettgehalt läßt sich ebenfalls senken.

● Sorgsam mit dem eigenen Körper umzugehen, bedeutet für Diabetiker wie für »Gesunde« Vorsorge gegen Spätschäden.

Von der krankhaften Veränderung der kleinsten Blutgefäße (Mikro-Angiopathie) werden besonders zwei Organe betroffen:

Augen und Nieren

Die für Diabetiker typischen Netzhauterkrankungen heißen Retinopathie. Jeder Diabetiker sollte mindestens einmal jährlich von einem Spezialisten seinen Augenhintergrund spiegeln lassen. Auf diese Weise können Veränderungen an den Gefäßen des Augenhintergrundes schon frühzeitig bemerkt und behandelt werden. Bei der *diabetischen* Retinopathie zeigen sich zunächst an den kleinsten Gefäßen der Netzhaut winzige Ausbuchtungen, die sogenannten *Mikroaneurismen*. Weitere mögliche Krankheitsbilder: fettartige Ablagerungen und kleinste Blutungen in der Netzhaut. Diese Veränderungen am Augenhintergrund heißen in der medizinischen Fachsprache »Background-Retinopathie«. Sie bilden sich oft bei guter Einstellung des Zuckerspiegels wieder zurück.

Bedrohlich ist für den Diabetiker die sogenannte proliferierende Retinopathie. Hier bilden sich vermehrt *neue* kleine Blutgefäße, die Blut in das Augeninnere austreten lassen. In diesem Fall entscheidet der Augenarzt, ob eine Laser-Behandlung gemacht werden muß.

Das zweite Organ, das verhältnismäßig oft spätgeschädigt wird, ist die Niere. Sie ist im menschlichen Körper eine Art Blutreinigungsfilter: Sie filtert Stoffe aus, die der Körper nicht verwerten kann, und scheidet sie mit dem Harn aus.

Wenn nun die kleinen und kleinsten Gefäße der Niere in Mitleidenschaft gezogen werden, kann das Organ diese lebenswichtige Reinigungsfunktion nicht mehr (hinreichend) erfüllen. Anzeichen für ein beginnendes diabetisches Nierenversagen können zu hoher Blutdruck und Eiweiß im Urin sein.

> Diabetiker sollten, mehr noch als Gesunde, zusätzliche Belastungen dieses Organs vermeiden.

Nervenerkrankungen

Anders als bei diabetisch bedingter Nephropathie (Nierenerkrankung), die für den Arzt relativ klar erkennbare Symptome liefern, äußern sich diabetische Neuropathien (Nervenerkrankungen) häufig nur diffus. Diabetiker klagen über unerklärliche Schmerzen in Armen, Beinen oder Gelenken, andererseits wieder über Taubheit in Beinen und Füßen.

Manchmal sind aber auch die Eingeweide von diesem Nervenleiden betroffen. Der Magen kann träge werden, die Speisen werden nur langsam transportiert. Wenn Nahrung zu lange im Magen verweilt oder nur verzögert durch den Darm aufgenommen wird, kann es zu einem *labilen* Diabetes kommen. Häufiges Erbrechen oder Durchfälle sind die Symptome. Doch erst wenn man die üblichen Ursachen für diese häufige Erscheinung einer gestörten Verdauung ausgeschlossen hat, darf man »diabetes-bedingte Durchfälle und Erbrechen« mutmaßen.

Auch Harnwege und Geschlechtstrakt können infolge eines Diabetes nervenkrank werden. Ein typisches Beispiel: die diabetische Blasenlähmung. Die Abstände zwischen dem Wasserlassen werden immer größer, der Harnfluß schwächer. Es kommt zum »Harnträufeln« und zum Gefühl unvollständiger Blasenentleerung. »Harnsperre« kann die dramatische Zuspitzung dieses Krankheitsbildes sein. Natürlich müssen auch hier, bevor man Diabetes diagnostiziert, andere Krankheitsursachen ausgeschlossen werden.

Die diabetische Neuropathie kann auch vorübergehende Lähmungen, etwa der Gesichts- oder der Augenmuskelnerven, verursachen.

Störung der Sexualfunktion beim Mann

Fast bei jedem zweiten zuckerkranken Mann führt die diabetische Neuropathie zu einer Störung der Sexualfunktion. Es kommt infolgedessen nicht selten zu Partnerproblemen, besonders wenn aus Schamgefühl kein Arzt zu Rate gezogen wird. Dabei könnten diese Defekte heute mit guten Erfolgsaussichten behandelt werden.

Milderung und Heilung

Die *diabetische Neuropathie* kann in dem Maße gemildert, oft sogar völlig behoben werden, wie es dem Diabetiker gelingt, seine Zuckereinstellung zu optimieren. Auch und gerade nach überwundenen Nervenleiden empfehlen sich regelmäßige neurologische Untersuchungen, um ein Wiederaufflackern der Krankheit schon im Frühstadium erkennen zu können.

Hautkrankheiten

Rund 30 Prozent aller Diabetiker (Typ I und Typ II) klagen über Hautkrankheiten — die meisten sind jedoch harmloser Natur.
Allerdings: Chronisch wiederkehrende Hautentzündungen wie Furunkel oder Karbunkel können Zeichen eines entgleisenden Zuckerstoffwechsels sein. Oft sind diese bakteriellen Hautinfektionen auch Anzeichen eines beginnenden Typ-I-Diabetes.

Erhöhte Zuckerwerte in Blut und anderen Körperflüssigkeiten (Schweiß, Urin, Speichel) bieten günstige Nährbedingungen für Pilzinfektionen der Haut, der Schleimhäute und der inneren Organe.

Viele zuckerkranke Frauen leiden auch an quälendem Juckreiz, vor allem an der Scheide. Kaum glaublich, aber Standard-Behauptung in den Fachbüchern:

Die Hälfte aller (!) Diabetikerinnen wurde nur deshalb als zuckerkrank erkannt, weil sie sich wegen dieser Dauerbelästigung im Intimbereich an einen Arzt wandten.

Wichtig! Ständige Überwachung des Gesundheitszustandes

Für fast alle der hier beschriebenen Spätschäden gilt: Je früher sie bemerkt werden, desto günstiger sind die Chancen, sie zu mildern oder gar zu beseitigen.
Der Kasten auf dieser Seite ist eine Art Checkliste, nach der Zuckerkranke die (erfahrungsgemäß) neuralgischen Körperteile und Organe auf ihren Gesundheitszustand überwachen können.

Nochmals: Es gibt auch für den umsichtigen Diabetiker keine absolute Sicherheit, von Spätschäden verschont zu bleiben. Es gibt aber sehr wohl gute Chancen, mit intelligenter Einstellung Folgekrankheiten zu mildern oder zu vermeiden.

Vorsorgeplan

Jährlich:

- Untersuchung des Blutes auf Cholesterin, Triglyceride (beides Blutfette) und Kreatinin (Zeigerwert für den Zustand der Niere)
- Harnuntersuchung (Eiweiß, Bakterien, Zucker)
- Spiegelung des Augenhintergrundes,

Alle zwei Jahre:

- EKG
- Abhören der Brustorgane und Tasten der Pulse an Beinen und Hals
- Untersuchung des Nervensystems

Diese Aufstellung ist gewissermaßen ein Minimalprogramm. Wenn ein Typ-I-Diabetes schon lange andauert, sollte häufiger kontrolliert werden.

»Und Sie wollen ein Kind zur Welt bringen?«

Diabetes und Schwangerschaft

Ein Diabetiker in der Familie

1973 lernte ich meinen späteren Mann kennen. Wir zogen in eine gemeinsame Wohnung. Das enge Beisammenleben machte es für meinen Mann notwendig, auch an meinem Leben als Diabetikerin teilzunehmen. Wir haben von Anfang an in der Küche nur meinen Diabeteszucker oder Süßstoffe benutzt. Auch in seiner Familie wurde ich sehr liebevoll aufgenommen. Jeder nahm Rücksicht darauf, daß ich keinen normalen Zucker essen durfte. Meine Schwiegermutter backte Kuchen, die mit »Petras« Zucker oder mit Süßstoff gesüßt wurden.

Diabetes und Schwangerschaft

Nach einigen Jahren wurde das Thema Kinder für mich sehr wichtig. Ich wußte genau, ich wollte von diesem Mann Kinder haben. Ich bin dann zu verschiedenen Ärzten gegangen, zu Internisten, Gynäkologen und habe mich über eine Schwangerschaft bei Diabetes beraten lassen. Die Reaktionen waren sehr unterschiedlich: Sie reichten von schrillen Warnungen bis zu Unbedenklichkeitserklärungen.

Die Schwangerschaft ist möglich

Der Internist, der mich behandelte, war sehr offen für alle Entwicklungen in der diabetischen Forschung. Er ermutigte mich. Auch die Gynäkologen sagten mir, daß bei einem gut eingestellten Diabetes eine Schwangerschaft möglich sei. Allerdings müsse ich damit rechnen, daß die Schwangerschaften per Kaiserschnitt beendet würden (heute entbinden auch die meisten Diabetikerinnen spontan). Ein anderer Arzt dagegen herrschte mich an: »Wie können Sie die Verantwortung für ein

Kind übernehmen bei Ihren katastrophalen Lebensbedingungen?« Das war Mitte und Ende der siebziger Jahre: Heute wird kaum noch ein Arzt einer gut eingestellten Diabetikerin prinzipiell von einer Schwangerschaft abraten.

Die Schwangerschaft

Allen widersprüchlichen Auskünften zum Trotz wagten wir es dann doch! Ich setzte die Pille ab, und ein halbes Jahr später wurde ich schwanger. Da ich zu Beginn der Schwangerschaft öfter schockte, ging ich in der sechsten Woche in die Klinik, um mich neu einstellen zu lassen. Ich wählte ein großes Krankenhaus in Hamburg aus, von dem ich wußte, daß es auch eine Säuglings-Intensivstation hatte. Dort wurde die Insulindosis etwas reduziert. Ich spritzte zu diesem Zeitpunkt zweimal am Tag Verzögerungsinsulin.

Damals war ich noch nicht über Blutzucker-Teststreifen informiert und testete meinen Zucker immer noch mittels Harnteststreifen — eine Testmethode, die es nicht eben erleichtert, den Blutzucker auf einem ausgeglichenen Niveau zu halten. Das aber war äußerst wichtig, denn Schocks, so erklärte man mir in der Klinik, seien für das Baby ausgesprochen gefährlich. Man riet mir, meinen Zucker nicht zu sehr absacken zu lassen. Außerdem erfuhr ich, zu meinem nicht geringen Schrecken, daß eine Diabetes-Schwangerschaft generell *spätestens in der 37. Woche per Kaiserschnitt beendet würde. Ich hatte damals weder das Wissen noch den Mut, diesen »Stand der Wissenschaft« in Frage zu stellen.*

Die nächsten 3 Monate ging es mir sehr gut. Ich hatte keine typischen Schwangerschaftsgelüste oder Heißhunger.
In der Mitte der Schwangerschaft erhöhten sich meine Zuckerwerte. Mein Internist hatte mir klinisches Testmaterial an die

Hand gegeben, so daß ich auch nachts zu Hause meinen Zucker testen konnte.

Ab Mitte des fünften Monats stieg mein Insulinbedarf beträchtlich an. Meine Zuckerwerte wurden immer höher, und ich mußte erneut in die Klinik, um mich wieder einstellen zu lassen.

In der Schwangerschaft — intensivierte Insulintherapie

Heute weiß ich: Das Verzögerungsinsulin — ich hatte damals noch nicht die intensivierte Insulintherapie für mich entdeckt — ist in der Schwangerschaft nicht ausreichend.
Es ist zu unflexibel, kann nicht rasch genug auf Schwankungen reagieren.
Schnelle Reaktionen sind aber gerade im Interesse des ungeborenen Kindes besonders wünschenswert — verringern sie doch die Gefahr, daß es zu einer Schädigung im Mutterleib kommt.
Die unangenehme Folge jener trägen Reaktionen des Verzögerungsinsulins auf schwankende Zuckerwerte waren immer wieder Schocks. Sie waren eigentlich das einzige, was mir wirklich angst gemacht hat. Nicht nur mir! Auch mein Mann machte sich Sorgen um meine Gesundheit und die des Kindes.

Ich hätte damals gerne mit anderen Diabetikerinnen gesprochen, die schon eine Schwangerschaft erlebt hatten, doch ich schien in der gynäkologischen Abteilung dieser riesigen Klinik die einzige Diabetikerin zu sein.
Mein Mann und ich hatten uns, soweit das möglich war, über eine Diabetes-Schwangerschaft informiert. Uns waren die Risiken für das Baby bekannt. Ich erinnere mich noch, daß wir eines Abends zusammen saßen und darüber sprachen, was es für uns bedeuten würde, ein behindertes Kind zu bekommen. Der Gedanke erschreckte uns, trotzdem fühlte ich mich nach

dem Gespräch wohler. Wir wußten beide, daß wir auch ein solches Kind akzeptieren würden. Ich gab mir die ganze Schwangerschaft über sehr viel Mühe, besonders sorgfältig mit meiner Diät umzugehen.

Im zweiten Drittel der Schwangerschaft ging ich zu einer Augenärztin, um meinen Augenhintergrund spiegeln zu lassen. Sie hat mich angefaucht, wie ich denn so verantwortungslos sein könne, ein Kind zu bekommen. Ich wüßte doch wohl, daß keiner garantieren könne, daß Kinder von Diabetikerinnen unbehindert zur Welt kämen. Sie nannte mich egoistisch, unterstellte mir, ich dächte nur an mein *Glück. Ich war niedergeschmettert. Plötzlich fühlte ich mich an die Zeiten erinnert, in denen bei uns in Deutschland Behinderte sterilisiert wurden, um kein »unwertes Leben« zeugen zu können. Rückblickend waren diese Anschuldigungen — noch dazu vorgetragen von einer Frau — die schlimmsten Momente meiner Schwangerschaft.*

Die möglichen diabetestypischen Schwangerschaftskomplikationen (Wasser in den Beinen, Schwangerschaftsvergiftungen, Übergewicht, vorzeitige Wehen) blieben mir erspart.

Die Geburt

Ich ging, wie verabredet, in der 36. Woche ins Krankenhaus. Das war eine ausgesprochen langweilige Zeit, ich lag fast nur im Bett: Gynäkologen und Diabetologen meinten, im Liegen werde die Gebärmutter besonders gut durchblutet. Am Anfang der 37. Woche war es dann endlich soweit — das Datum war nicht willkürlich gewählt: Bei Diabetikern besteht die Gefahr, daß in den letzten Wochen vor der Geburt die Plazenta nicht mehr optimal durchblutet wird. Um dem Ungeborenen dieses vermeidbare Risiko zu ersparen, wird die Schwangerschaft häufig vorzeitig beendet.

Meine Tochter Lena wurde per Kaiserschnitt entbunden und kam sofort nach der Geburt in die Kinderklinik auf die Intensivstation. Ich lag unterdessen in der Intensivstation der Frauenklinik. Als ich aus der Narkose erwachte, endlich die ersehnte Nachricht: Meine Tochter war gesund!

Da in dem sehr großen Krankenhaus die einzelnen Abteilungen auf verschiedene Häuser verteilt waren, konnte ich mich erst am 5. Tag zu meiner Tochter durchfragen.
Diese Wartezeit vermittelte mir ein unwirkliches Gefühl: Ich lag im Bett auf der Entbindungsstation und nichts deutete darauf hin, daß ich soeben Mutter geworden war. Nur über Dritte erfuhr ich, wie es meinem Kind ging. Mein Mann erzählte mir, Lena läge in einem Wärmebettchen. Ich machte mir Sorgen, wagte aber damals noch nicht nachzufragen, ob alles mit ihr o. k. sei. Mein Mann konnte Lena jeden Tag sehen und hat dann Bilder gemacht und mir von ihr erzählt.
Ich fühlte mich nicht als Mutter. Ich hatte überhaupt nicht das Gefühl, irgendwie etwas mit einem Kind zu tun zu haben. Nur mein Bauch war plötzlich leer.

Ich bat die Schwestern auf der Entbindungsstation, mir eine Pumpe zu geben, um die Milch abzupumpen. Von dieser Idee hielten sie überhaupt nichts. Für eine Diabetikerin, so sagten sie, sei es vollkommen unsinnig, ein Kind zu stillen. Das würde nur den Zuckerhaushalt durcheinanderbringen.
Ich hatte damals nicht die Energie, auf meiner Forderung zu bestehen, und pumpte nicht ab. So bildete sich kaum Milch bei mir.

Am fünften Tag wurde ich dann von der Entbindungsstation wieder auf die internistische Station verlegt. Ich überredete den Fahrer, der mich mit dem Krankenwagen von einem Haus zum anderen fuhr, im Kinderkrankenhaus vorbeizufahren, damit ich meine Tochter wenigstens einmal ganz kurz sehen konnte. Mit Hilfe eines Fünfzigmarkscheines konnte ich ihn überreden, mir diesen Gefallen zu tun.

Ich kam in der Mittagszeit, und das erste, was ich zu hören bekam, war: »Jetzt, wo Ihr Kind gerade eingeschlafen ist, wollen Sie es auf den Arm nehmen und es im Schlaf stören.«
Ich zögerte einen Moment, bestand aber dann auf meinem Wunsch, denn schließlich war das mein *Kind und ich hatte es vor fünf Tagen geboren, ohne es bisher auch nur einmal zu Gesicht zu bekommen. Ich bin dann tagsüber vier- bis fünfmal in die Kinderklinik gegangen, um meine Tochter zu füttern und zu wickeln. Damit habe ich mich nicht beliebt gemacht, wurde doch angeblich durch mein unbotmäßiges Erscheinen der Betrieb gestört.*

Ermutigung für die schwangere Diabetikerin

Diese relativ ausführliche Schilderung meiner Klinikerlebnisse hat nur einen Zweck: Sie soll Diabetikerinnen ermutigen, *solche* Sperren zu durchbrechen, die nur aufgerichtet werden, damit der Betrieb routiniert laufen kann.
Allerdings, fairerweise sei gesagt: Vieles von dem, was ich an willkürlichen Erschwernissen erlebt habe, ist heute, zehn Jahre danach, kaum noch vorstellbar.

Die Konkurrenz hat den Service deutlich beflügelt. Allerdings sollte nicht verschwiegen werden: Die *totale* Auswahlfreiheit in Sachen Geburtsklinik hat man als Diabetikerin nicht. Man sollte im Interesse des Kindes nur solche Häuser in die Auswahl einbeziehen, in denen die Babys nach der Geburt intensiv versorgt werden können — und das sind meist eben die großen Krankenhäuser.

Nach der Geburt war mein Insulinbedarf wieder deutlich gesunken, und die Neueinstellung dauerte ein paar Tage. Ungefähr drei Monate nach der Entbindung war ich wieder bei meiner »alten« Insulindosis angelangt.

Der Entschluß zum zweiten Kind

Vor unserem Entschluß, Lena nicht als Einzelkind aufwachsen zu lassen, hatten mein Mann und ich eine Serie intensiver Diskussionen: Da war die Angst, das »Schicksal herauszufordern«: Was einmal gutgegangen ist, muß deshalb nicht immer gutgehen. Hatte man nicht auch irgendwo (aber wo?) gelesen, daß das Risiko bei der zweiten Schwangerschaft für Mutter und Kind deutlich erhöht sei?

Unser zweites Kind sollte in einer kleineren Klinik geboren werden. Ich bin an die Peripherie von Hamburg gefahren und habe mir dort verschiedene Krankenhäuser angesehen. Ein ganz wichtiges Kriterium für mich war eine Säuglings-Intensivstation, damit das Kind nach der Entbindung auf alle Fälle sofort bestens versorgt werden konnte. Ich fand dann eine kleinere Klinik in Harburg, wo ich sehr viel liebevoller behandelt wurde als in der unpersönlichen Mammutklinik. Der Internist kannte sich ganz gut mit Diabetes aus, und eine Intensivstation für Babys war auch da.

Zu Beginn der zweiten Schwangerschaft habe ich mich in diesem Krankenhaus wieder neu einstellen lassen. Wie schon bei meiner ersten Schwangerschaft mußte auch jetzt das Insulin wieder reduziert werden. Damals schlug man mir immerhin vor, ob ich mich nicht von Verzögerungsinsulin auf Normalinsulin umstellen lassen wollte, um dem »normalen« Blutzuckerwert näherzukommen. Da ich aber bis dahin fast 20 Jahre lang

Verzögerungsinsulin gespritzt hatte, war ich zu ängstlich, mich auf ein neues Insulinpräparat einzulassen, zumal meine Zuckerwerte ganz gut waren.

Ich hatte inzwischen Teststreifen kennengelernt, mit denen ich meinen Blutzucker selbst kontrollieren konnte. Wir lasen in verschiedenen Diabetiker-Zeitschriften, daß konstant niedrige Zuckerwerte für das Ungeborene günstig seien. Ich versuchte also, meine Zuckerwerte niedrig zu halten, was dazu führte, daß ich ab und zu schockte.

Etwa im fünften Monat ging ich wieder ins Krankenhaus, weil ich die Insulingaben dem veränderten Bedarf erneut anpassen lassen mußte. Ich teilte mein Zimmer mit einer anderen Diabetikerin, die ebenfalls ein Kind erwartete. Sie stand kurz vor der Entbindung und wollte, wie ich, spontan entbinden. Für eine Weile verlor ich sie aus den Augen. Einen Monat später erfuhr ich dann, daß sie eine Totgeburt hatte. Schlagartig kehrte die Angst zurück, ein behindertes oder totes Kind zu bekommen. Meine Gedanken kreisten nur noch um Diätpläne und Zuckerwerte. Manchmal überprüfte ich 20mal am Tag meinen Blutzucker. Glücklicherweise gab es da noch meine erste Tochter, Lena, die verhinderte, daß ich vollends zur lebenden Meßstation wurde.

Die zweite Geburt

Zu Beginn der 36. Woche ging ich wieder in die Klinik zur Überwachung. Anna wurde in der 37. Woche per Kaiserschnitt geboren. Eine Spontangeburt war wegen einer — nicht diabetesbedingten — Komplikation nicht möglich.

Diesmal ließ ich mir das Stillen nicht ausreden, obwohl auch jetzt wieder einiges dagegen sprach: Angeblich brauchten Ba-

bys diabetischer Mütter statt der Muttermilch eine kohlenhydratreiche Nahrung, weil sie, so hieß es, auch noch Wochen nach der Geburt durch Unterzuckerung gefährdet seien. Ich erkundigte mich beim Deutschen Diabetikerbund, der diese »Lehrmeinung« für »unsinnig« erklärte: Die Unterzuckerungsgefahr bestünde nur in den ersten Tagen, bis das Kind seinen eigenen Stoffwechsel stabilisiert habe.

Ich habe Anna zehn Monate lang gestillt und während dieser Zeit natürlich besonders sorgfältig meinen Zucker überwacht (die Lehrbücher warnen, beim Stillen könne es besonders leicht zu unkalkulierbaren Zuckerschwankungen kommen).

Wie sag ich's meinem Kinde?

Diabetische Kinder in der Familie

Diabetische Kinder in der Familie: Ermutigung, Training, Geduld und Probleme

Die Umstellung der Lebensweise

Für Eltern ist es allemal ein Schock, wenn sie erfahren, daß ihr Kind Diabetes hat. Die meisten Eltern fragen sich, ob sie etwas falsch gemacht haben, ob sie das Kind falsch ernährt haben oder woran es sonst liegen könnte, daß gerade ihr Kind an Diabetes erkrankt ist.

Man kann, nach allem, was die Wissenschaft bisher weiß, Eltern pauschal »freisprechen«: Nur in ganz wenigen Fällen, zum Beispiel bei stark übergewichtigen Kindern, die ähnlich wie Erwachsene an einem Typ-II-Diabetes leiden, darf man vielleicht von Schuld der Eltern reden. Aber auch dann führt es zu nichts, sich mit Selbstvorwürfen zu geißeln. Viel sinnvoller ist es, so schnell und so gut wie möglich mit der Krankheit leben zu lernen — und das bedeutet für die ganze Familie eine Umstellung der Lebensweise!

Dem Kind sagen, was in seinem Körper vorgeht

> Ein zuckerkrankes Kind sollte so früh wie irgend möglich lernen, sich selbst zu spritzen und auch selbständig die verschiedenen Tests durchzuführen. Je mehr Eigenverantwortung es übernimmt, desto besser kann es mit der Krankheit leben, und desto weniger wird es sich von ihr behindert fühlen.

»Mit der Krankheit leben« — das setzt voraus, daß das diabetische Kind weiß, was in seinem Körper vorgeht. Je besser es die Zusammenhänge kennt, desto leichter wird es ihm fallen, sich an bestimmte Regeln zu halten. Der normale Fehlstart in dieses neue Leben beginnt nicht selten im Krankenhaus, nämlich dann, wenn die jungen Patienten nur eingestellt und behandelt werden, ohne daß sie die Zusammenhänge erkennen können.

Die Frage »Warum« ist bei diabetischen wie bei gesunden Kindern eine Schlüsselfrage der geistigen Entwicklung. Wenn einem Kind Insulin gespritzt wird ohne den erklärenden Hinweis, daß seine Bauchspeicheldrüse kein Insulin mehr produzieren kann, es aber dieses Insulin dringend braucht, um Nahrung aufnehmen zu können, ist die negative Reaktion des Kindes sicher: *Widerwillen und Ablehnung.*
Wenn es dagegen weiß, daß all die Messungen und Spritzungen keine neue Schikane der Erwachsenen, sondern Freiraum für sein eigenes Leben bedeuten, wird es sich in der neuen Situation schneller zurechtfinden als mancher Erwachsene. Gerade die intensivierte Insulintherapie erlaubt dem diabetischen Kind, seinen gewohnten Lebensrhythmus weitgehend beizubehalten. Die meisten Kinder empfinden die Piekserei auch weit weniger dramatisch als ihre Eltern.

Selbstkontrolle und das Spritzen werden für das Kind zur Routine — wie das abendliche Zähneputzen

Glücklicherweise sind Kinder von Natur aus neugierig und wissensdurstig, eine Veranlagung, die ihnen den Umgang mit Teststreifen und Injektionsnadel sehr erleichtert. (Da Kinder und Jugendliche immer an Insulinmangel-Diabetes [Typ I] erkranken, muß täglich Insulin gespritzt werden.) Nach einiger Übung werden die täglichen Selbstkontrollen und das Spritzen bald ebenso zur Routine wie das abendliche Zähneputzen.

Schon in der Klinik sollte das Training beginnen

Man kann es gar nicht oft genug betonen: Wichtig ist, daß die betroffenen Kinder schon in der Klinik mit viel Einfühlungsvermögen gezeigt bekommen, wie sie mit ihrem Diabetes selbständig umgehen können — also, wie sie sich selbst spritzen können.

Spritzen — die Übung mit der Apfelsine

Es gibt ein paar Tricks, die recht wirksam über die anfänglichen Hemmungen hinweghelfen: Das erste Ziel der Kanüle ist nicht die eigene Haut, sondern . . . eine Apfelsine. An der Frucht üben die Kinder den richtigen Umgang mit der Spritze. Der nächste Schritt fällt schon weitaus schwerer, denn natürlich ist da ein riesiger Unterschied zwischen einer Apfelsine und dem eigenen Oberschenkel oder Bauch! Es braucht viel Geduld, einem Kind dabei zu helfen, sich zum ersten Mal selbst Insulin zu spritzen. Aber schon nach wenigen »Stichproben« verliert das Spritzen seinen Schrecken. Das Kind ist stolz auf den Sieg über die eigene Angst. Auch das In-den-Finger-

Pieksen (um Blut für einen Teststreifen zu gewinnen) wird schnell zur leichten Übung.

Schulung für Eltern und Kind

Natürlich ist es sehr viel schwieriger, ein Kind gut einzustellen als einen Erwachsenen mit regelmäßigerem Tagesablauf. Die Insulindosis hängt ja nicht nur von der Nahrungsmenge, sondern auch von den unterschiedlichen Aktivitäten des Kindes ab. Daher müssen Eltern *und* Kind ausreichend geschult werden, um auf die verschiedenen Situationen mit der richtigen Insulinart und -menge reagieren zu können. Gerade für Kinder ist heute eine intensivierte Insulintherapie (siehe Seite 28) die ideale Behandlung. Mit dieser Therapie ist es einfach leichter, auf den abwechslungsreichen Kindertag einzugehen. An Nachmittagen, wo das Kind in aller Regel viel Sport treibt, draußen mit Freunden rumtollt, braucht es natürlich weniger Insulin als an Tagen, wo es drei Stunden an seinen Hausaufgaben sitzt.

Trotz aller Eigenverantwortung braucht ein zuckerkrankes Kind natürlich die Hilfe der Eltern. Sie müssen in die Diabetes-Schulung von vornherein miteinbezogen werden. Schon im Krankenhaus werden sie genau über den Umgang mit der Krankheit informiert. Sie wissen also auch um die Gefahren dieser Krankheit:

- Die Gefahr des Schockens. (Siehe dazu auch Seite 122)
- Die Gefahr von Überzuckerung. (Siehe dazu auch Seite 124)
- Die Gefahr von Spätschäden. (Siehe dazu auch Seite 141)

Ein Balanceakt für die Eltern

Die Erkenntnis, daß diese Gefahren nun zum ständigen Begleiter ihres Kindes werden, erzeugt bei Eltern natürlich Ängste! Mit dieser Angst kann man nur umgehen, wenn man möglichst viel über Diabetes weiß. Natürlich sollte der Blutzucker des Kindes möglichst gut eingestellt werden, aber ebenso natürlich wird jedes Kind auch mal Fehler im Umgang mit seiner Krankheit machen. Den perfekten Diabetiker gibt es nicht. Je weniger die Ausrutscher dramatisiert werden, desto selbstverständlicher kann die Krankheit ins tägliche Leben integriert werden.

Es erfordert sehr viel Verständnis und Einfühlungsvermögen, ein diabetisches Kind in seinem Leben zu begleiten. Und vor allem sollten die Eltern diabetischer Kinder sich klarmachen, daß ein Kind, das sehr selbständig mit seinem Diabetes umgehen kann, viel mehr für ein Leben mit dieser Krankheit gerüstet ist. Vereinfacht wird dies durch ein gutes Vertrauensverhältnis zwischen Eltern und Kindern. Eltern kleiner Diabetiker müssen ihren Kindern viel Eigenverantwortlichkeit zutrauen, dürfen aber gleichzeitig die notwendige Kontrolle nicht vergessen. Sie müssen gerade eben die Balance zwischen beidem halten — kein einfacher Stand.

Vom Krankenhaus zurück in das ganz normale Leben

Kinder, die zuckerkrank geworden sind, sollten nach ihrer Entlassung aus dem Krankenhaus so schnell wie möglich in normales Leben (Schulalltag, Kindergartenalltag) zurückkehren.

Die Voraussetzung dazu: Die Umwelt muß Bescheid darüber wissen, warum und wie dieses Kind ein wenig anders lebt als seine Kameraden. Diabetes geheimzuhalten wäre erstens ziemlich unmöglich und zweitens grundverkehrt: Die Mitschüler erfahren sowieso nach kurzer Zeit, daß Jan oder Ulrike etwas anders machen müssen als der Rest der Gruppe. Man wundert sich, wie schnell die gesunden Kinder diese Krankheit und die Sonderstellung eines kleinen Diabetikers in ihrer Mitte akzeptieren.

Das Umfeld muß Bescheid wissen

Die Lehrer an der Schule müssen wissen, wie sie sich verhalten sollen, wenn das Kind in der Schule schockt. Sie sollten auch darüber informiert werden, daß ein Kind vor dem Sportunterricht 1 BE mehr essen muß. Da zuckerkranke Kinder manchmal auch während des Unterrichts eine Broteinheit zu sich nehmen müssen, ist es naheliegend, daß die Lehrerin und das betroffene Kind der ganzen Klasse über die Krankheit erzählen.

Es ist ratsam, auch die Eltern befreundeter Kinder über die Krankheit zu informieren. Auch ein zuckerkrankes Kind hat mal Lust, bei Freunden zu übernachten. Für solche Fälle sollten die Eltern der Freunde eine Adresse des behandelnden Arztes haben und mindestens über die Anzeichen eines Schocks informiert sein. Anfangs haben alle »Verantwortlichen« etwas Bedenken, ob sie im Umgang mit einem diabetischen Kind alles richtig machen. Aber es ist immer wieder erstaunlich, wie schnell das Neue, das scheinbar so Komplizierte, zur Selbstverständlichkeit wird.

Das Kind ist nicht alleine mit seiner Diabetes

Eine wichtige Erfahrung für das diabetische Kind: Es steht mit seinem Handicap nicht allein da. Schätzungsweise leben augenblicklich in der Bundesrepublik etwa 17000 diabetische Kinder und Jugendliche unter 18 Jahren.

Der Begriff »Einzelschicksal« gehört zwar nicht zum kindlichen Vokabular. Doch die Gesellschaft anderer kleiner Patienten hilft deutlich, sich mit der neuen Situation auszusöhnen. Deshalb auch ist es für ein diabetisches Kind hilfreich, wenn es die erste Einstellung in einer Klinik gemeinsam mit anderen diabetischen Kindern erhält.

Kind und Arzt

Für Kinder scheint es womöglich *noch* wichtiger als für Erwachsene zu sein, einen Arzt zu haben, dem sie wirklich vertrauen, einen Arzt, der auf sie eingeht, der sie ernst nimmt, der verständlich auf ihre Fragen antwortet und auch Probleme ausdiskutiert.
Kinderärzte, heißt es, sollten zugleich psychologische Naturtalente sein. Für Ärzte, die diabeteskranke Kinder behandeln, gilt das allemal. Es geht ja um nicht mehr und weniger als ein kleines Kunststück: Die Kleinen müssen ihre Krankheit einerseits ernst nehmen, ohne daß der Ernst der Sache andererseits ihr Gemüt verschattet.

Kinder lernen sehr schnell

Die erfreuliche Erfahrung aller besorgten Eltern: Kinder lernen sehr schnell, vor allem aus den Erfahrungen, die sie mit ihrem eigenen Diabetes machen.
Natürlich sind sie nicht immer in der Lage, auf Probleme richtig zu reagieren. Darum — diese Selbstverständlichkeit sei hier noch einmal wiederholt! — ist es notwendig, daß auch die Eltern sich sehr gut mit der Krankheit auskennen. Die Schulung der Eltern muß mindestens so intensiv wie die Schulung des diabetischen Kindes sein: Sie müssen alles wissen über Blutzuckerschwankungen, über Aktivitäten, über Sport, wie man darauf reagiert, wenn der Zucker hoch ist, wie man darauf rea-

giert, wenn das Kind schockt, alles über Ernährung, und vor allen Dingen sollten sie auch über die sozialen Probleme aufgeklärt werden, die unvermeidbar mit der Krankheit verquickt sind.

Einmal mit den anderen naschen

Nun kann man nicht einfach leichthin für diabeteskranke Kinder das Motto der Schulpädagogik ausgeben: Aus Fehlern lernen! Oder anders: Dieses Lernen aus Fehlern — und Fehler werden sich nicht ganz vermeiden lassen! — muß in einem verantwortbaren Rahmen stattfinden.
Einem Kind sagen wortreiche Erklärungen, etwa über mangelndes Wohlgefühl nach einem Diätfehler, wenig oder nichts. Es merkt aber sehr präzise, wie mies es sich nach einem verbotenen Stück Schokolade fühlt und wie gut, wenn es alles richtig macht.

Diabeteskranke Kinder sind erst einmal Kinder.

Darum wird es wohl keines geben, das nicht irgendwann einmal probiert hat, einen Negerkuß oder ein Stück Torte zu essen. Nur die Erfahrung, daß es einem danach schlechtgeht oder übel wird und man wieder so heftig Durst bekommt wie zu Beginn der Krankheit, hält für eine Weile von weiteren »Sünden« ab.

Auch wer selbst keine Kinder hat, kann wohl ermessen, was da eigentlich von einem kindlichen Patienten verlangt wird. Kinder leben in einer Umwelt, in der sie ständig mit Reizen überflutet werden. Die Freunde in der Schule oder im Kindergarten essen Schokolade, Bonbons und Eis. Es ist für ein Kind nicht einfach, immer nein zu sagen oder zu erklären, daß man das nicht dürfe, da man »anders« sei. Gerade als Kind möchte man genauso sein wie alle anderen.

(In nicht wenigen Kindergärten sind Zuckerbomben, allerdings auch wegen der bekannten Kariesprobleme, verpönt.) Nur gibt es keinen Menschen auf der Welt, der immer stark ist. Weder als Kind noch als Erwachsener!

Das schlechte Gewissen

Wenn die Erwachsenen mich als Kind — ich bin seit meinem 7. Lebensjahr Typ-I-Diabetikerin — bewundernd anstrahlten und lobten: »Ach, machst du das tapfer! Nein, und wie toll, daß du immer spritzt und immer aufpaßt, daß du nichts Süßes ißt, nein, wie tapfer . . .«, hätte ich sie jedesmal würgen können. Ich hatte ja schon genug Schwierigkeiten, mit meinen Erwartungen an mich selbst fertig zu werden. Da kam das Lob meiner »Zuckerdisziplin« reichlich ungelegen, ein Lob, in das so deutlich der moralinsaure Zeigefinger reinfuchtelte. Jedesmal, wenn ich dann doch ein Stück Schokolade gegessen hatte, biß sofort mein Gewissen zu.
Erst als ich andere diabetische Kinder kennenlernte, begriff ich, daß kleine Sünden nicht nur mein persönliches Versagen waren. Ich bemerkte, daß alle diabetischen Kinder hin und wieder mal den Versuch machen, normale Süßigkeiten zu essen. Übertriebener moralischer Druck nach einem süßen »Sündenfall« hilft nicht weiter!

Andererseits: Es ist schon notwendig, daß das Kind die Zusammenhänge erkennt: Mein hoher Zucker, meine Übelkeit, lag daran, daß ich irgend etwas Falsches gegessen habe.

»Weiß du noch, wie toll du dich letztes Wochenende gefühlt hast?«

Aber wichtiger noch als die Erinnerung an Sünden und deren prompte »Bestrafung« ist es, daß Eltern ihrem Kind immer

wieder die Gedächtnisstütze hinstellen: »Weißt du noch, wie toll du dich letztes Wochenende gefühlt hast, als kein Zucker im Urin war und wir mit dem Essen alles genau richtig gemacht haben? Das machen wir heute genauso . . .«
Für alle diabetischen Kinder und Jugendliche ist es eine große Hilfe, wenn die ganze Familie *vernünftig* ißt.
Im übrigen: Die Umstellung auf eine vitaminreiche, ausgewogene Kost, die keinen Zucker enthält, ist auch für die nichtdiabetischen Familienmitglieder ausgesprochen sinnvoll! Wenn alle Familienmitglieder z. B. den Kuchen oder die Nachspeisen mit Süßstoff süßen, ist es für das diabetische Kind viel leichter, sich nicht als Außenseiter zu fühlen.

Machen Sie dem Kind Mut

Es wird immer wieder Phasen geben, in denen Ihr Kind Sie mit Fragen löchert, ob es nicht doch wieder gesund werden könne. Es wird Zeiten geben, in denen es traurig, wütend und vielleicht sogar verzweifelt ist.

In diesen Phasen kann es vorkommen, daß Ihr Sohn / Ihre Tochter keine Lust hat, den Blutzucker zu überprüfen oder den Harnzucker zu testen. Gestatten Sie Ihrem Kind diesen Ärger — aber nicht die Konsequenz des Ärgers: alles hinschmeißen!

Sagen Sie nicht: »Du mußt jetzt aber vernünftig sein! Es gibt keinen anderen Weg! Sei lieb! Tue es jetzt!«
Erklären Sie Ihrem Kind lieber, daß natürlich alle Diabetiker irgendwann Wut und Ärger auf ihre Krankheit haben, daß es aber noch keine endgültige Lösung für diese Krankheit gibt, daß man folglich, um sich wohl zu fühlen, so vernünftig wie möglich mit dieser Krankheit umgehen muß. Versuchen Sie, Ihrem Kind den Sinn der Behandlung nach dem »Belohnungsprinzip« zu erklären, etwa: »Du bist genauso fit wie Karin und Sascha, wenn dein Zucker gut eingestellt ist.«

Wenn Sie Ihr Kind abends zu Bett bringen, erkundigen sie sich, wie es sich tagsüber gefühlt hat. Wenn es ein Tag mit guten Zuckerwerten war, sagen Sie ihm: »Toll, wie du das heute gemacht hast. Ich bin richtig stolz auf dich . . .«
Wenn es Tage waren, an denen sich Ihr Kind nicht so gut fühlte, weil die Werte nicht so ideal waren, sagen Sie: »Na ja, probier's morgen wieder. Morgen ist ein neuer Tag.«

Wenn Ihr Kind mit überhöhten Blutzuckerwerten nach Hause kommt, fangen Sie nicht an zu schimpfen, sagen Sie nicht, was Ihnen auf der Zunge liegt: »Du hast bestimmt wieder was Süßes gegessen. Du weißt genau, daß du das nicht darfst!« Ihr Kind hat ja schon ein schlechtes Gewissen. Machen Sie ihm klar, daß es sich wegen dieses Ausrutschers nun ganz schlecht fühlt, daß der kurze Spaß an einem Stück Schokolade nicht einen Tag Übelkeit aufwiegt.

Wichtig!

> Ich sage es nochmals, um es nicht ein einziges Mal zu wenig gesagt zu haben: Der Dreh- und Angelpunkt einer erfolgreichen Motivation Ihres Kindes heißt: Mut machen!

Nachsicht und Kontrolle!

Der nachsichtige Umgang mit Fehlern darf natürlich nicht zu einer wurstigen »Schwamm-drüber-Mentalität« führen. Eltern müssen schon ergründen, was nun *konkret* der »Sündenfall« war. Diese »Nachforschung« darf aber nicht im Ton der Anklage oder gar der Verurteilung geschehen.

Kinder und Eltern tauschen Erfahrungen aus

Eltern sollten sich bemühen, Kontakt zu einer Eltern-Kind-Gruppe aufzunehmen. Hier können sich diabetische Kinder kennenlernen und über ihre Erfahrungen reden, und auch die Eltern haben die Möglichkeit, über ihre Ängste und Erfahrungen zu diskutieren. Manchmal hilft es schon, wenn man erfährt, daß auch andere Mütter mit dem Problem kämpfen, daß ihr Sohn oder ihre Tochter sich nicht regelmäßig kontrollieren will. Man kann Erfahrungen anderer Eltern übernehmen oder auch anderen Eltern Tips und Hilfe geben.

Wenn es bei Ihnen entsprechende Gruppen noch nicht gibt, ist es vielleicht sinnvoll, eine Anzeige in der Tageszeitung aufzugeben, um auf diesem Weg andere Eltern diabetischer Kinder zu suchen. Wie intensiv diese Runden werden, läßt sich schlechterdings nicht per Empfehlung verordnen: Vielleicht trifft man sich nur einmal im Monat zu einem Stammtisch oder zu einer Nachmittags-Kaffeerunde, vielleicht häufiger. Wie auch immer: der Erfahrungsaustausch hilft.

Angeboten werden auch, meist für Kinder ab 12 Jahren, diabetische Sommer-Jugendlager (nähere Auskunft siehe DDB). Hier lernen junge Patienten andere Kinder kennen, »denen es genauso geht«. Die sinnliche Erfahrung, daß es ganz offensichtlich viele, viele Menschen gibt, die ebenfalls mit dieser Krankheit leben müssen, hilft, den täglichen Kampf mit der eigenen Unlust erfolgreicher zu führen.

- Man braucht Geduld mit der kindlichen Ungeduld.
- Man braucht Konsequenz, ohne daß man deshalb Kinder mit Drohungen und dramatischen Appellen zu konsequentem Verhalten treiben darf.
- Man sollte sich auf die »Kunst des Lobens« verlegen (»Ich finde das ganz toll, wie du das im Griff hast . . .«)
- Die Umwelt des Kindes muß Bescheid wissen und nach Möglichkeit auch richtig reagieren können (Lehrer, Spielfreunde, Eltern der Freunde, Großeltern, Nachbarn . . .)

Es braucht, will man alles auf die kürzestmögliche Formel bringen, Liebe und Geduld. Diese Wirkstoffe kann man nicht überdosieren.

Jugenderlebnisse zwischen Diät und Disco

Es begann mit einer »Halsentzündung«

Im November 1962, ich war 7 Jahre alt, steckte ich mich in der Schule mit einer Halsentzündung an. Die Halsschmerzen wollten einfach nicht vergehen, und ich wurde immer schlapper und müder. Ich fing an, Unmengen zu trinken, und mußte auch nachts ständig aufs Klo. Meine Mutter dachte sich weiter nichts dabei. Sie nahm an, ich hätte mir eben die Blase erkältet. Aber die Symptome vergingen nicht, sondern wurden immer auffälliger. Ich hätte pausenlos trinken können und aß in meinem Heißhunger schachtelweise Kekse.

Meine Großmutter war es schließlich, die die Geschichte von »irgendso einer Kinderkrankheit« nicht mehr glauben wollte. Sie tippte richtig auf Diabetes. Ein Besuch beim Arzt ergab: Blutzucker bei 200, hohe Harnzuckerausscheidungen. Man schickte mich ins Kinderkrankenhaus nach Detmold — wo allerdings niemand Erfahrung mit Diabetikern hatte, wie sich bald zeigte. Ich bekam nur morgens und abends Altinsulin gespritzt. Das reichte natürlich nicht, um den Mittagsbedarf abzudecken, und so brachen nach dem Mittagessen immer Blutzuckerspitzen über mich herein.

An die ersten Tage im Krankenhaus kann ich mich kaum noch erinnern. Ich weiß nur noch, daß ich mich sehr müde und schlapp fühlte und viel geschlafen habe. Als es mir dann wenigstens etwas besser ging, wurde ich in ein Zimmer mit zwölf anderen Kindern verlegt. Jeden Mittag türmten sich vor diesen Kindern Berge von Obst und Süßigkeiten.

Ich dagegen bekam einen Apfel in die Hand gedrückt und fühlte mich wie das ärmste Kind der Welt. Die Ärzte nickten mir zwar immer aufmunternd zu und sagten, daß ich jetzt ganz vernünftig sein müsse: Nichts Süßes mehr! Aber warum?

Niemand hatte mir erklärt, was mir eigentlich fehlte. Ich begriff überhaupt nicht, warum ich nicht wie die anderen Kinder Süßigkeiten essen durfte.
Die selbstquälerische Frage, die sich erwachsene Diabetiker immer wieder stellen — Wieso gerade ich? — hat für ein Kind eine bündige Antwort: Die sind alle so gemein!

Zwölf Wochen lang versuchten sie in diesem Krankenhaus, mich auf halbwegs ausgeglichene Werte zu trimmen. Vergeblich.
Durch Zufall hörte meine Mutter von einem Krankenhaus in Hannover, das speziell Diabetes-Kinder betreute. Sofort siedelte ich nach Hannover um. Das erste Mal seit dem Ausbruch meiner Krankheit hatte ich hier wieder das Gefühl, ein normales Kind zu sein. Hier konnte ich — im Rahmen der Diabetes-Diät natürlich — selbst aussuchen, was ich essen wollte. Ich kann mich noch erinnern, wie ich mich gefreut habe, als es nachmittags Orangensprudel gab. Die Schwestern hatten diesen Orangensprudel selbst, zuckerfrei natürlich, für uns gemacht. Ich hatte plötzlich das Gefühl, daß Essen auch für Diabetiker etwas mit Genuß zu tun haben kann.

Ich lernte in Hannover gemeinsam mit anderen Kindern, wie man Harnzucker testet, Spritzen aufzieht und sich selbst spritzt. Ich wurde morgens und abends auf ein Verzögerungsinsulin eingestellt. Doch genauso wichtig war für mich eine Erfahrung: Ich sah, daß es auch andere Kinder gab, denen es ging wie mir. Man nahm uns ernst: Wir erfuhren endlich, was Diabetes ist. Wir lernten, daß Insulin in den Langerhansschen Inseln in der Bauchspeicheldrüse produziert wird und daß genau diese Produktion bei uns nicht mehr stattfindet. Man hat uns damals ganz sicher nicht mit medizinischen Fachvokabeln traktiert, aber die kindgemäße Erklärung machte auch das

Spritzen leichter. Man wußte irgendwie, was man tat. Wir begriffen, daß Diät keine Strafe war, wir erkannten den Zusammenhang zwischen nötiger Insulinmenge und Essen.

Ich bin ausgesprochen gerne in dieser Kinderklinik gewesen. Als ich entlassen wurde und nach Hause kam, fühlte ich mich wieder viel mehr in der Rolle der Außenseiterin. In der Kinderklinik mit den anderen diabetischen Kindern war Essen nichts Besonderes. Zu Hause saß ich am Abendbrottisch, und meine Geschwister mußten, wie es bei uns hieß, »essen, was auf den Tisch kommt« — eine Aufforderung, der ich liebend gern nachgekommen wäre, aber für mich gab es immer nur spezielle magere Schinken-, Aufschnitt- und Käsesorten. Dabei gab meine Mutter sich alle Mühe und richtete immer alles sehr hübsch an, um meinen Appetit anzuregen.

Ich prüfte regelmäßig zu Hause meinen Harnzucker per Teststreifen. Da ich aber auf zwei Verzögerungsspritzen eingestellt war, gab es für mich keine Möglichkeit, selbständig mit Insulin auf meine Zuckerwerte zu reagieren. Weil mein Zucker zu bestimmten Tageszeiten sehr schwankte, mußte der Arzt die Einstellung ändern.
Anfangs ging ich jede Woche einmal zur Blutzuckerbestimmung, später nur alle 2 oder alle 3 Wochen. Das waren Tage, an denen ich in der Schule zu spät kam oder früher gehen mußte. Meine Mutter hatte die Lehrerin über meine Krankheit informiert. Ich mußte eine Zwischenmahlzeit auch während des Unterrichts essen. Meinen Mitschülern wurde erklärt, daß und warum Petra etwas durfte, was sonst strikt verboten war. Anfangs begleitete mich meine Mutter bei Klassenausflügen. Sie hat mir dann gesagt, wann ich eine zusätzliche BE essen mußte.
Ich habe meine Mutter immer wieder gefragt, ob ich nicht

wieder gesund werden könne. Sie hat es irgendwie geschafft, mich mit ihren Antworten weder zu belügen noch zu entmutigen. Ich habe mir damals häufig ausgemalt, was ich alles essen würde, wenn ich wieder essen dürfte, was ich wollte.

Was meine Situation als »Sonderfall« in der Familie erleichterte: Es gab bei uns, verglichen mit anderen Familien im Umfeld, eigentlich nie besonders viel Süßigkeiten. Aber zu bestimmten Anlässen nahm das Süßigkeitenessen rituelle Formen an: Weihnachten, Ostern, Andreas-Messe (ein jährlich stattfindender großer Jahrmarkt in Detmold). Auch Tanten und Onkel kamen nie ohne Schokolade. Ich bekam dann anstelle von Süßigkeiten ein Geldstück.

Daß ich meinen ersten Auslandsaufenthalt so gut und positiv in Erinnerung habe, gehört zu den lichteren Flecken in meiner Krankengeschichte.
Am dänischen Strand gab es Eisverkäufer — und was für welche! Zu meinem Entzücken hatten diese Götterboten Diabetikereis. Damals sang ein gewisser Bill Ramsey in allen Rundfunkprogrammen das Lied vom »Rumba-tumba-Schokoladen-Eisverkäufer von dem anderen Stern«. Für mich war der freundliche, bauchige Däne mit dem lustigen Deutsch (Noh, kloines Frolleinschen) wirklich eine Erscheinung vom anderen Stern. Von einem sehr guten Stern — irgendwo in der Milch(eis-)straße!

Wir schauten uns dann gründlicher in den Lebensmittelabteilungen der Geschäfte um und entdeckten viele Köstlichkeiten für Diabetiker. Das Angebot war viel, viel reichhaltiger als bei uns in Deutschland. Es gab Limonade für Diabetiker, Eis, die verschiedensten Keks- und Schokoladensorten. Und das alles in jedem normalen Lebensmittelgeschäft! Ich hatte das Ge-

fühl, im Paradies zu sein. Das Eis enthielt 2 BE. Das heißt, es war »berechenbar«: Ich konnte jeden Nachmittag am Strand ein Eis essen. Das war für mich deutlich das intensivste Urlaubserlebnis.
Das angenehme Gefühl, in einem Land zu sein, das in dem kleinsten Ort für Diabetiker die verschiedensten Sachen vorrätig hatte, habe ich sehr genossen. Ich habe damals alle Diabetikerkinder in Dänemark sehr beneidet. Später stellte ich dann fest, daß es auch in Deutschland, zumindest in den größeren Städten, vereinzelt Konditoreien mit Diabetikerkuchen gab.
Im Laufe der Jahre entdeckten auch dann deutsche Firmen den Spezialmarkt: Das Angebot wurde reichhaltiger, auch in kleineren Orten.
Irgendwann, ich weiß nicht mehr, ob mit 9 oder mit 11, verloren Süßigkeiten für mich ihre magische Anziehungskraft. Das mag damit zu tun haben, daß ich vertrauter wurde mit Diabetes und seiner Behandlung. Wissen schützt ein wenig, wenn auch nicht vollständig, vor Dummheiten.

Die Harnzuckerkontrollen wurden zur Routine und auch das Spritzen war schließlich eine Selbstverständlichkeit. Es gab auch »kleine Siege«: Wenn ich bei Freundinnen schlief, konnte ich immer körbeweise Anerkennung einsammeln wegen meines »Mutes« beim Spritzen.

Mit 10 Jahren bekam ich mein erstes Taschengeld. Meine Mitschüler, meine Freunde und meine Geschwister verflüssigten ihr Geld sehr oft zu klebriger Limonade. Irgendwann wollte ich dann einmal ausprobieren, wie es ist, wenn man richtige *Süßigkeiten ißt. Ich zog in den nächsten Süßigkeitenladen und kaufte mir eine Tafel Schokolade.*
Mein schlechtes Gewissen beruhigte ich mit der Hoffnung, daß Schokolade bei mir eben nicht so schlimm wirken würde.

Ich hatte mich ganz erheblich getäuscht: Mein Zucker stieg auf 350, und ich fühlte mich elend und schlapp. Ich traute mich nicht, meiner Mutter zu gestehen, daß ich richtigen Zukker gegessen hatte.
Diese Erfahrung, meine Übelkeit und meine Schlappheit verstecken zu müssen, da ich meiner Mutter ja nicht erklären konnte (wollte), warum mein Zucker plötzlich so hoch war, hatte meine Lust auf derartige Abenteuer erst mal gedämpft.

Vermutlich muß es solche elenden Momente in einem Diabetikerleben geben, Situationen, in denen man nochmals »erfährt«, was man ja im Grunde genommen schon lange weiß: Ich bin Diabetiker!
Es gab dann immer wieder mal Situationen, auf Kindergeburtstagen vorzugsweise, wo ich der Versuchung einer extra dünnen Sahneschnitte erlag — oder dem »Nur-mal-eben-Lecken« an einem richtigen Eis. Aber ich war vorsichtig, die Erfahrung mit der Schokolade saß fest.

Mit 12 Jahren schenkte mein Großvater mir 10 Reitstunden. Ich brauchte mit dem Rad ungefähr eine halbe Stunde bis zum Reitstall. Dort angekommen mußten wir, bevor der Reitunterricht begann, erst mal ausmisten und Pferde putzen — erhebliche körperliche Anstrengung, nicht nur für Diabetiker. Dann eine Stunde im Sattel und fliegender Wechsel auf den Drahtesel, um die halbe Stunde Rückweg schnell zu packen.
Für die Reitnachmittage wappnete ich mich immer mit 2 Extra-Broteinheiten. Die erste aß ich vor der Reitstunde, die zweite vor der Radfahrt nach Hause.
Meine Notzuckerstücke habe ich meistens an die Pferde verfüttert. Eine verständliche, aber keine sinnvolle Spende! So geschah es immer wieder, daß ich auf der Rückfahrt schlappmachte und dann bewußtlos von Passanten am Straßenrand

gefunden wurde. Die meisten alarmierten sofort die Polizei oder einen Krankenwagen. Nur einige fanden meinen Diabetikerausweis, und es gelang ihnen, mir Zucker einzuflößen.

Meine Mutter war inzwischen in den Deutschen Diabetikerbund *eingetreten. Ich verlebte mit 13 Jahren meine Sommerferien in einem Diabetikerkinderheim. Ein gutes Erlebnis! Zu den Mahlzeiten bekamen alle dasselbe zu essen, und ich war ein Kind unter vielen anderen diabetischen Kindern. Es gab niemanden, der mich fragte, warum ich denn die Nachspeise stehen ließe. Wir mußten alle unseren Harnzucker testen, und bei den sportlichen Veranstaltungen, die stattfanden, mußte bei allen Kindern darauf geachtet werden, daß sie genügend BE zu sich nahmen. Es machte Spaß, abends am Feuer, gemeinsam mit allen anderen Kindern, die Spätmahlzeit zu essen. Es gab nichts Außergewöhnliches — und gerade das war die Sensation. Wir hatten alle dasselbe Problem. Wir konnten über unsere Erfahrungen im Umgang mit gesunden Kindern reden. Ich erinnere mich, daß ich eines Abends am Lagerfeuer aufstand und so etwas wie eine Rede hielt: Es sei dringend an der Zeit, ein Internat für Diabetikerkinder zu gründen. Tosender Beifall!*

Das wäre ein Stück Paradies: Nicht gefragt zu werden, warum man sich spritze, keine erstaunten Fragen zu ernten, wenn man das Eis dankend ablehnt, keine mitleidigen Blicke von Erwachsenen, wenn man auf Kindergeburtstagen das Schokoladewettessen nicht mitmachen kann.
Niemand geriet in Panik, wenn ein Kind schockte. Auch für die Erzieher war das, was »draußen« immer zum Sonderfall geriet, vertrauter Alltag.
Wir lebten in einem Schonraum, in einem Teil der Welt, in dem es die Krankheit nicht zu geben schien. Ein wichtiges — für

mich ein notwendiges — Erlebnis! Auch für meine Mutter war es gut, einmal 6 Wochen ohne die Verantwortung für mich leben zu können.

Mit 13, 14 Jahren, zu Beginn der Pubertät, geriet mein Zucker ziemlich außer Kontrolle. Ich wurde selbständiger, ich unternahm viel mehr allein und ohne die Aufsicht meiner Mutter. Oft hatte ich einfach »keinen Bock«, meinen Harn zu testen. Ich hatte es satt, mich an strenge Diätregeln zu halten. Meine Mutter und die Ärzte erzählten mir dann von den Spätschäden und wie bedrohlich es sei, zu erblinden oder ein Nierenversagen zu bekommen. Aber in einem Alter, wo man sowieso gegen alles revoltiert, wollte ich auch meinen Diabetes nicht mehr akzeptieren.
Ich schockte nachts sehr heftig, weil ich abends nicht genügend gegessen hatte oder keine Lust auf die leidige Spätmahlzeit hatte. Ich hatte hohe Werte, weil ich beim Essen gern »Fünfe gerade sein« ließ und 2 BE mehr aß. Kontrollen mag man an der Schwelle zum Jugendlichen überhaupt nicht. Und das übertrug ich auch auf die absolut notwendigen Kontrollen. Ich fühlte mich plötzlich eingeschränkt durch das ständige Aufpassen und den Zwang, stets sorgfältig mit Essen und Spritze umgehen zu müssen. Ich wollte meine Tage nicht mehr programmieren und nicht mehr genau überlegen, ob ich genügend gegessen habe oder nicht.

Obwohl mir diese »neue Freiheit« deutlich schlecht bekam — ich war oft müde und schlapp —, zog sich diese Situation über zwei, drei Jahre hin. Die unermüdlich vorgetragene Drohung mit den Spätschäden bewirkte bei mir eher Resignation und Apathie. Wenn mir — wie täglich angemahnt wurde — nun schon mal das Fegefeuer der Spätschäden droht, dann lieber vorher gelebt haben.

Ich hatte das Gefühl, die Zumutung einer lebenslangen Disziplin sei so lebensfern und weltfremd, daß ich praktisch keine Chance hätte, aus eigener Kraft den Spätschäden ausweichen zu können.
Nicht nur beim Essen schlampte ich im Wohlgefühl einer seltsamen »Lust am Untergang«: Ich hatte z. B. keine Lust, Sonntag morgens schon um sieben aufzustehen, so wie ich es in der Schulzeit tat, um mich zu spritzen. Ich blieb einfach im Bett liegen und schlief bis 10 Uhr. Mein Zucker war dann natürlich entsprechend hoch, wenn ich endlich aus den Federn kam.
Da ich damals noch nicht wußte, wie man in solchen Situationen vorbeugend mit Insulin Ausgleich schaffen kann, waren meine »Sünden im Bett« (. . . kann denn Durchschlafen Sünde sein?) stets solche, die sich prompt selbst bestraften.

Ich habe damals häufig versucht, 2 Einheiten Verzögerungsinsulin mehr zu spritzen, aber das hatte lediglich zur Folge, daß ich am Spätnachmittag anfing, stark zu schocken. Die Unterzuckerungen wurden immer bedrohlicher und traten immer häufiger in Erscheinung. Mit 16 kam ich schließlich in eine Diabetesklinik.
Leider wurde dieses Haus hauptsächlich von Typ-II-Diabetikern besucht. Ich war umgeben von älteren Leuten, deren Hauptbeschäftigung darin bestand, in angeregten Gesprächen zu ergründen, in welchem Café es die besten Diabetikerkuchen gibt. Es gab niemand, mit dem ich darüber hätte reden können, wieviel BE man zusätzlich essen muß, um eine Nacht durchtanzen zu können.

Die Einstellungsversuche der behandelnden Ärzte waren ziemlich erfolglos, weil sie nicht am wirklichen Problem ansetzten: Ich hatte keine Lust mehr, mich mit meinem Diabetes zu beschäftigen. Deswegen entgleiste mein Zucker.

Während der gesamten Pubertät habe ich meine Krankheit wirklich inbrünstig gehaßt. Trotz einer (erfolgreichen) Einstellung in einer anderen Diabetesklinik (immer noch auf Verzögerungsinsulin) schockte ich immer wieder. Vor allen Dingen nachts, und zwar, ohne daß ich die Schocks bemerkte. Das aber hieß: Ich konnte nie allein sein! Blieb nur die Flucht nach vorn: Ich habe allen Leuten, die mit mir umgingen, erzählt, daß ich Diabetikerin bin.

Trotzdem war es für den einen oder anderen Jüngling ein Schock, wenn ich nachts neben ihm im Bett schweißgebadet wach wurde und wirres Zeug redete. Entweder mußte der Bedauernswerte dann meine Mutter anrufen oder einen Arzt holen. Das war natürlich zur damaligen Zeit leichter gesagt als getan, hieß ein solcher Anruf doch im Klartext: »Frau Künzel, ich liege gerade mit ihrer Tochter im Bett . . .«
Um solche unfreiwilligen Geständnisse zu verhindern, habe ich dann abends immer noch extra BE *gegessen, um so einem Schock vorzubeugen. Aber erstens konnte ich natürlich nie exakt abschätzen, wieviel körperliche Anstrengung der Abend mir bescheren würde, und zweitens ging die Spontaneität dabei ziemlich flöten.*

Für meine Mutter muß diese Zeit ziemlich qualvoll gewesen sein. Einerseits wollte sie meine Selbständigkeit und meine Loslösung vom Elternhaus nicht behindern, andererseits hatte sie natürlich berechtigte Angst, daß ich nicht genügend aufpasse und dafür die Quittung bekomme.
Es war ein Teufelskreis, denn ich fühlte die Angst meiner Mutter wie eine drohende Forderung: »Bleib zu Hause! Du bist eben anders.« Und schon war bei mir eine neue Drehung im Teufelskreis angesagt: Nun erst recht! Denen werde ich es zeigen!

In der Schule wurde es immer schwieriger, da ich, etwa nach einem nächtlichen Schock, morgens oft zu spät kam. Überhöhter Zucker, das andere Extrem, schränkte meine Konzentrationsfähigkeit drastisch ein, und die wenigsten Lehrer konnten normale Unkonzentriertheit von krankheitsbedingten Ausfällen unterscheiden.
In dieser ganzen Zeit plagten mich starke Schuldgefühle. Ich wußte *ja im Grunde genau, daß ich ausgesprochen schluderig mit mir umging.*
Und in Momenten, in denen der selbstgebastelte Schutzschild aus jugendlicher Freiheitssehnsucht und mehrfach übermalter Verbitterung bröckelte, dämmerte mir auch, daß ich überhaupt keine Chance hatte, den Kopf in den Sand zu stecken. Ich mußte mich irgendwann mit dieser Krankheit aussöhnen oder zumindest einen Weg finden, mit ihr zu leben.

Mit 18 Jahren habe ich mich dann entschlossen, wirklich selbständig zu werden. Ich zog aus dem verschlafenen Detmold nach Hamburg, in eine Wohngemeinschaft, in der alle über meinen Diabetes Bescheid wußten. Ich begann dann mit meiner Ausbildung als Arzthelferin.
Ich begriff schnell, daß ich, wenn ich wirklich arbeiten wollte, sorgfältiger mit meinem Diabetes umgehen mußte. In Streßsituationen — und in Arztpraxen gibt es Zeiten, in denen Streßsituationen die Standardsituationen sind — fand ich oft überhaupt keine Zeit, an meinen Diabetes zu denken. Und so passierte es auch, daß ich vor Patienten schockte, vor Menschen also, die auf alles eingestellt waren, nur nicht darauf, daß die *Instanz, von der sie sich Hilfe erwarteten, ebenfalls mit körperlichen Attacken kämpfen muß. Alles in allem aber stabilisierte sich mein Zucker mit zunehmendem Alter.*

Es war die Zeit der großen Rockfestivals Ende der 60er, Anfang der 70er Jahre. Die erste große Drogenwelle kam aus den USA in die Alte Welt rübergeschwappt.
Ich wurde mehrmals während solcher Festivals, auf denen der Rauch von Haschisch-Zigaretten den Drogenfahndern offenbar die Spur zu harten Drogen weisen sollte, festgenommen. Ich paßte voll ins Suchbild der Fahnder: Mit etlichen Spritzen und Ampullen ausgerüstet, habe ich manchem gut getarnten Fahnder die Illusion beschert, einen guten Griff getan zu haben. Nun war ich auch noch blaß, kurzum: Ich muß ausgesehen haben wie der Prototyp der heroinsüchtigen Nachwuchs-Dealerin. Es dauerte dann immer viele Stunden, bis ich mein Insulin zurückbekam und wieder spritzen konnte. Auch Diabetikerausweise konnten die Polizei damals nicht überzeugen. Auf diese Art und Weise hatte ich jedenfalls Gelegenheit, schon im zarten Alter von 18 Jahren eine Gefängniszelle von innen zu betrachten.
Erst wenn es mir dann so schlecht ging, daß die Polizei Scherereien befürchten mußte, wurde ein Arzt gerufen. Der konnte dann im Regelfall den Irrtum aufklären.

Auch bei den verschiedenen Demonstrationen, die damals stattfanden (Vietnam und so weiter), wurde ich des öfteren verhaftet und saß dann in irgendeiner Zelle. Es hatte sich zwar offenbar in Polizeikreisen rumgesprochen, daß es Menschen gibt, die spritzen müssen. Aber ich hatte regelmäßig Schwierigkeiten mit den Mahlzeiten. Die kamen nie zu der Zeit, zu der ich sie brauchte.
Alle anderen gingen einfach so zur Demo, ich mußte immer aufpassen, daß ich genügend zu essen dabei hatte. Später erfuhr ich, daß bei einer Anti-AKW in Grohnde auch Apfelsinen, meine bevorzugten Schnell-BEs, als Tatwaffen beschlagnahmt wurden. Und zum Glück warnte mich jemand rechtzei-

tig, daß sich eine, die (wie ich, eine Notration) Würfelzucker dabei hat, verdächtig mache: Kann man doch bekanntlich Polizeifahrzeuge außer Funktion setzen, indem man Zucker in den Tank wirft.

Wenn man jung ist und gerade eine Phase relativer Zuckerstabilität hinter sich hat, ist man todsicher *auf Selbstüberschätzung programmiert.*
Ich erinnere mich noch, daß ich 1976 in der Vorweihnachtszeit unbedingt noch Geld brauchte und mit dem Studentenausweis meiner Freundin in der Tasche zur Uni-Jobvermittlung ging. Die Bezahlung war gut: Pappkisten falten im Akkord.

Ich bin dann sehr schnell Opfer meiner Geschwindigkeit geworden und fand mich in einem Krankenhaus wieder. Am Bett standen die Polizei und ein Vertreter der Firma. Sie hatten inzwischen bei den Eltern meiner Freundin angerufen und erfahren, daß die »rechtmäßige Ausweisinhaberin« keine Diabetikerin war. Peinlich!

Die Lektion aber saß. Ich glaube, ich habe danach nie wieder versucht, meine Krankheit zu verheimlichen.

Ein großes JA
Zweisamkeit mit einer Diabetikerin

Zweisamkeit mit einer Diabetikerin

Das »Ich«, das Ihnen in diesem Buch immer wieder begegnet ist, war natürlich irgendwo auch ein »Wir«. Und Teil des »Wir« war dreizehn Jahre lang ich, Claus-Peter Lieckfeld, Jahrgang 1948, Nichtdiabetiker, Freund, später Ehemann und Vater, schließlich Diabetes-Amateur — nicht aus Neigung, sondern aus Fügung.

Menschen, die sich mit der üblichen Glut annähern, interessieren sich nicht für Bauchspeicheldrüsenfunktionen, genausowenig wie sie nach Sehschärfe oder Dauerlaufkondition zu fragen pflegen. Ich erinnere mich nur, daß ich am ersten, entscheidenden Abend eine Ampulle am Bettrand bemerkte, die mir ausgesprochen beiläufig und undramatisch erklärt wurde. Nein, kein Stoff! Aber schon wichtig.
Das Nötigste erfuhr ich von Petras Freunden, die mit ihr in Wohngemeinschaft lebten. Tenor: Alles nicht so schlimm. Wenn sie schockt, fragst du uns. Dummerweise erlebten wir unseren ersten gemeinsamen Schock in trauter Zweisamkeit.

Man kann für einen Unkundigen vermutlich kein fotografisch exaktes Bild entwerfen, wie ein Schock sich annähert — eine Symptombeschreibung finden Sie immerhin auf Seite 122 dieses Buches.
Die Wirkung, vor allem die Wirkung des ersten Schocks, ist ohne Zweifel schockierend.

Befremdlich ist weniger, daß plötzlich der derzeit liebste Mensch von allen äußeren Anzeichen körperlichen Unwohlseins gezeichnet ist: Ein Diabetiker im Vorstadium der typischen hypoglykämischen Lähmung sieht nicht anders aus als

jemand, der, etwa nach schwerster körperlicher Arbeit, extrem erschöpft ist.
Unheimlich ist die totale psychische Veränderung, die für »Anfänger« in dieser Situation ohne Vorwarnung nach dem/der Geliebten greift.
Petra wurde in ihrer Redeweise unbeholfen und aggressiv zugleich. Erst im Laufe eines schmerzhaften Trainings lernte ich, daß diese Symptome schon tiefes *Abrutschen in den Schock signalisierten. Mein Frühwarnsystem hat sich dann verfeinert.*

Ich kann nicht exakt sagen, wie genau *sich die Vor-Vorwarnungen abzeichneten. Sie waren nicht »typisch«, ich könnte sie nicht exakt beschreiben. Es ist wohl einfach so: Im Laufe der Jahre lernen sich Partner auswendig. Man kann das Schürzen der Oberlippe lesen, als hätte sie/er gesagt: »Mal ehrlich, muß das jetzt sein?« Diese »Spezialkenntnisse« sensibilisieren für abweichendes Verhalten, für feinste Wendungen im Gespräch, im Gestus, in der Stimme, kurzum für solche Details, die jetzt eigentlich überhaupt nicht zur Situation passen.*

Rückblickend auf 13 Jahre Beziehung fallen mir spontan eine Reihe von Dingen ein, die nichts, aber auch gar nichts mit Petras Diabetes zu tun haben: gemeinsame politische Ideale, Urlaub, Glück und Pech und deutlich zu viele Umzüge. Ich muß mich, dazu aufgefordert, konzentrieren, um mich an »Zuckerspezifisches« zu erinnern.
Das kann eine gekonnte Verdrängungsleistung sein oder ein gutes Zeichen. Ich glaube letzteres. Obgleich sich die Krankheit etliche Male heftig in den Vordergrund gespielt hat, obgleich es ihr zeitweise gelang, Tages- und Wochenabläufe zu diktieren, hatte ich nie das Grundgefühl, mit einer Kranken zusammenzuleben.
Das mag anderen anders gehen. Vermutlich beruhigt aber den

Partner die tägliche Beobachtung, daß seine andere Hälfte die Sache in aller Regel im Griff hat. Ich jedenfalls habe mir die obligate Frage »Hast du schon gespritzt?« sehr schnell abgewöhnt, das heißt: Nein! Nicht »abgewöhnt«. Sie entfiel völlig unbemerkt in dem Maße, wie mein Vertrauen in Petras Fähigkeit zur Selbstanalyse wuchs.

Bedrohlich — banal, aber wahr — sind immer die Situationen, auf die man keinen Einfluß hat; Gefahren, die man nicht kommen sieht.
Schocks kommen meist nachts — eben weil der Kranke die Warnzeichen verschläft. Ein naßkalter Mensch neben sich im Bett, der so schwitzt, wie man noch nie einen Menschen schwitzen gesehen hat, ein Gegenüber, das entweder nicht mehr ansprechbar ist oder — noch fataler! — in grotesk-kindlicher Geradlinigkeit fordert, man solle gefälligst nicht so einen Unsinn reden und weiterschlafen: So etwas gibt ein Gefühl von Unwirklichkeit.
Doch wer die in etwa gleichbleibende Szene einige Male erlebt hat, dessen Schrecksekunde währt wirklich nur eine Sekunde. Ich war sehr schnell fit genug, ruhig und besonnen zu reagieren. Entweder war Petra noch in der Lage zu schlucken, dann half ich ihr, in Wasser gelösten Zucker zu trinken. Wenn die Flüssigkeit aber aus dem Mund rann, griff ich sofort zur Glucagon-Spritze.
Ich erinnere mich nur an eine einzige Situation, die mich deutlich überfordert hat: Lena, damals vielleicht vier Jahre alt, wachte auf. Der Anblick einer »fremden« Person, die zugleich die eigene Mutter war, stürzte sie in Panik. Anna (damals zwei Jahre) wachte auf, und ein ohrenbetäubendes zweistimmiges Angstgeschrei überdröhnte die Szene. Damals reichte meine Fassung nur noch knapp, um die Nummer des Notarztes zu wählen.

Akute Zukunftsangst? Nur einmal. Als Petra, dank stümperhafter Behandlung in einem Oldenburger Krankenhaus, hart am Tod vorbeischrammte, quälten mich lähmende Visionen: Würde ich zu meiner Mutter ziehen müssen, weil Vollberuf und Kinder nicht zu vereinbaren sind . . .? Würde ich der Versuchung einer kopflosen Versorgungsheirat erliegen, die dann fast zwangsläufig neue Probleme bringt?
Eine Frage, die ich mir aus eigenem Erleben nie stellen mußte, die Petra aber immer in neuen Varianten an mich richtete: Bett und Zucker. »Stört dich die Pumpe (die ja auch nachts am Gürtel getragen werden muß) nicht, wenn wir zusammen schlafen? Stören dich meine (durch ständiges Spritzen) geschwollenen Oberschenkel nicht? Turnt dich die dauernde Fingerstecherei nicht ab?«
Auf alles ein klares Nein. Was mich wirklich gestört hat, war, daß mir Petra mein Nein offenbar nie so ganz geglaubt hat. Sie qualifizierte es immer als freundliche Schonlüge. Aber nicht deshalb ist unsere Ehe nach knapp zehn Jahren gescheitert. Ich glaube, auch kein gut trainierter Tiefenpsychologe könnte in mich den Zusammenhang von Trennung und Diabetes hineinfragen. Mit einer Diabetikerin leben? Ein großes JA und ein kleines Aber.

Angst vor Zucker, Angst im Bett?

Sexuelle Probleme beim Diabetiker

Die gleiche Erlebnisfähigkeit wie eine Nichtdiabetikerin

Um es gleich vorwegzusagen: Grundsätzlich sind Frauen mit Diabetes »im Bett« keineswegs weniger erlebnisfähig als ihre gesunden Geschlechtsgenossinnen. Andererseits kann die Krankheit auf Umwegen ein massiver Störfaktor sein: Eine Frau mit schlecht eingestelltem Diabetes leidet oft unter überhöhten Zuckerwerten und ist daher eher müde und depressiv. Natürlich wird *sie* weniger sexuelle Interessen haben als eine Frau, die ihren Blutzucker erfolgreich kontrolliert.

Manchmal ist es auch die Psyche

Andere Hemmnisse sind eher psychischer Natur. So trägt die Angst vor Schocks im Bett nicht eben zur Entspannung bei: Kann ich das denn meinem Partner zumuten? Erste-Hilfe-Kurs für Ihn, bevor man sich angenehmeren Dingen zuwendet?

Manchmal kommt es bei Diabetikerinnen auch zu hormonellen Störungen. Sie haben unregelmäßige Blutungen und damit auch mehr Schwierigkeiten, schwanger zu werden.

Erektionsstörungen beim männlichen Diabetiker

Bei Männern kann Diabetes gelegentlich Erektionsstörungen verursachen. Dabei handelt es sich um die Auswirkung einer diabetischen Nervenerkrankung.
Wenn es zu dieser Ausfallerscheinung kommt, gibt es meist schon erkennbar andere Spätschäden wie Augenhintergrund-

veränderungen, Nierenschädigungen oder Nervenerkrankungen. Es ist darum äußerst wichtig, bei den geringsten Anzeichen sofort einen Arzt aufzusuchen und ihm ganz offen die Probleme zu schildern. Nicht selten haben die Potenzstörungen ganz andere Ursachen: Allein die *Furcht* vor diesen diabetischen Folgeschäden lähmt.

Keine Panik

Im übrigen ist keineswegs Panik angesagt: Durch eine gute, annähernd normoglykämische (den Zuckerwerten eines Gesunden entsprechende) Einstellung kann das Problem beherrscht werden. Es gibt immer Möglichkeiten, den Zucker *noch* besser einzustellen, seine Lebensweise zu ändern: Weniger Alkohol und allgemein gesünder leben.

Heiraten — ja oder nein?

Die Frage, ob Diabetiker heiraten sollten, ist meiner Meinung nach so sinnvoll oder unsinnig wie die Frage, ob man mit irgendeinem körperlichen Handicap heiraten darf. Meine Meinung: Schon die Frage hat etwas Diffamierendes! Wichtig erscheint mir indes, mit dem Partner sehr offen und unbeschönigt über die Begleiterscheinungen dieser Krankheit zu reden: die Gefahr nächtlicher Schocks, die Probleme, die während einer Schwangerschaft auftreten können, und natürlich nicht zuletzt die Gefahr der Spätschäden. Wenn das alles geklärt ist, gibt es für einen Diabetiker nicht mehr Gründe gegen die Ehe als für jeden anderen Menschen auch.

Die Schwangerschaftsverhütung

Die Pille

Manche Diabetiker *müssen* mit Tabletten, manche *wollen* mit Pillen leben: mit *der* Pille.

Vorsicht!

> Eine *generelle Warnung* ist angebracht: Normale Antibabypillen können Auswirkungen auf den diabetischen Stoffwechsel haben. Das kann nicht verblüffen, da doch Auswirkungen bei gesunden Frauen ebenfalls nicht selten sind.
> Wenn schon Pille, dann auf jeden Fall eine mit niedrigem Hormongehalt (Mikro-Pille).

Ich habe die Erfahrung gemacht, daß sowohl Allgemeinärzte als auch Gynäkologen in dieser Frage eher zu einer gewissen Sorglosigkeit neigen. Man wird also im Zweifelsfall gut daran tun, einen Experten seines Vertrauens sehr hartnäckig zu befragen.

Die Spirale

Die Ansicht, daß Intra-Uterinspiralen für Diabetikerinnen nicht ganz ungefährlich sind, ist wohl berechtigt, weiß man doch, daß es bei zuckerkranken Frauen verhältnismäßig leicht zu Entzündungen im Beckenraum kommen kann.

Viele Frauen klagen nach dem Einlegen der Spirale über starke Blutungen und Entzündungen. Das liegt zumeist daran, daß die Querarme der Spirale in die Eileiter ragen und dort auf empfindliche Nervenenden treffen können.

Es gibt allerdings inzwischen eine neue Methode, Spiralen individuell und exakt einzupassen. Ein Instrument, das sogenannte *Cavimeter*, ermöglicht es dem Gynäkologen, die Gebärmutter genau in Länge und Weite auszumessen. Das schafft die Voraussetzung, die Spirale auf Paßform zu bringen. (Diese Methode verhindert nicht nur die lästigen Begleiterscheinungen einer Spirale, auch die beabsichtigte Wirkung ist zuverlässiger als bei herkömmlich eingesetzten.)

Einen Haken hat die Sache trotzdem: Das Cavimeter ist inzwischen (Stand 1987) rund um die Welt anerkannt und etabliert — auch und gerade in der Dritten Welt. Nur in der Bundesrepublik Deutschland offenbar nicht. Es gibt in der BRD bisher kaum Gynäkologen, die dieses Gerät besitzen.

Kondome

Noch eine *persönliche* Bemerkung: In einer Zeit, wo Kondome als handliche Anti-Aids-Waffe gegenüber früheren, sinnenfroheren Zeiten an Boden gewinnen, sollte es risikobewußten Diabetikerinnen nicht allzu schwerfallen, sich mit den kleinen Dingern anzufreunden.

Warum gerade ICH?

Verursacher und Auslöser der Diabetes

Nur die Anlage zur Diabetes wird vererbt!

Warum gerade ICH?

Diese Frage stellt sich jeder Diabetiker irgendwann einmal. Noch vor 20 Jahren bekam man stereotyp die Antwort: Zukkerkrankheit ist erblich. Das ist eine typische Halbwahrheit, oder noch weniger als das. Man weiß inzwischen, daß nicht die Krankheit, sondern die Anlage vererbt wird. Es hängt dann von verschiedenen Einflüssen ab, ob die Krankheit zum Ausbruch kommt oder nicht.

Gestörtes Immunsystem?

Man vermutet, daß bestimmte Viruserkrankungen wie Mumps oder Röteln bei Kindern Diabetes auslösen können. Auffällig ist auch, daß zehn Prozent der Typ-I-Patienten zu dem Zeitpunkt, als die Krankheit ausbrach, an einem schweren Infekt litten. Das legt die Vermutung nahe, daß Menschen, bei denen Diabetes von einem Virusinfekt ausgelöst wird, das körpereigene Abwehrsystem nicht richtig funktioniert. So sollen falsche Abwehrreaktionen des Körpers auf einen Infekt das insulinproduzierende Gewebe in der Bauchspeicheldrüse zerstört haben.
Als Auslöser für Diabetes gelten ferner Lebererkrankungen wie chronische Entzündung und Schrumpfleber. Auch chronische Entzündung der Bauchspeicheldrüse kann in manchen Fällen Diabetes auslösen.
Die Frage, ob auch psychische Schocks den Krankheitsausbruch begünstigen können, verneint die klassische Medizin bisher. Unstrittig ist allerdings, daß Menschen, die unter psychischem Streß leiden, auch *körperliche* Abwehrkräfte verlieren.

Während der Schwangerschaft?

Bei etwa einem Prozent aller Diabetikerinnen tritt während der Schwangerschaft Diabetes erstmals in Erscheinung. Die Symptome der Krankheit verschwinden dann oft nach der Geburt des Kindes, aber innerhalb von zehn Jahren erkrankt etwa ein Drittel dieser Frauen dauerhaft.
Man nimmt an, daß die hormonelle Umstellung während der Schwangerschaft die Krankheit auslöst. Bei Frauen, die durch diesen »Schwangerschafts-Diabetes« gewissermaßen verwarnt wurden, besteht die Möglichkeit, durch vorbeugende Maßnahmen (Übergewicht vermeiden, gesund essen) den endgültigen Ausbruch der Krankheit hinauszuschieben oder womöglich zu verhindern.

Medikamente?

Medikamente lösen nur selten Diabetes aus. Vorsicht ist allerdings bei Cortisonen und deren Abkömmlingen geboten. Hierbei handelt es sich um Wirksubstanzen, die den Nebennierenhormonen ähneln — und damit auch in den Zuckerhaushalt eingreifen. Absolut unbedenklich ist die örtliche Anwendung von Cortison, etwa in Salbenform. Ebenfalls scheinen harntreibende Mittel sowie die Anti-Baby-Pille den Zuckerstoffwechsel gelegentlich zu stören.

Die Wohlstandsgesellschaft

Beim Typ-II-Diabetes liegen die Dinge vergleichsweise klarer: In neun Zehnteln aller Fälle ist erhebliches Übergewicht der Grund dafür, wenn Menschen noch in der zweiten Lebenshälfte zuckerkrank werden. Kein Wunder also, daß während der »mageren« Kriegs- und Nachkriegsjahre wenig »Neuzugänge« beim Typ-II-Diabetes zu verzeichnen waren. Erst als sich die Tische wieder bogen und die Menschen hemmungslos aufspeckten, gab es auch wieder mehr Typ-II-Diabetiker.

Verursacher und Auslöser — werden noch gesucht!

Die tastenden Formulierungen (»scheint«, »könnte«, »man nimmt an«) machen eines klar: Die Krankheit ist noch gut für etliche Dutzend Habilitationen und Dissertationen.

Vererbungsrisiko

(nach Bernhard und Johanna Knick: »Diabetologie«)

Typ-I-Diabetes:

- Die Geschwister von Diabetikern werden mit 5- bis 10prozentiger Wahrscheinlichkeit auch erkranken.
- Kinder, deren Vater *oder* Mutter zuckerkrank sind, werden mit 2- bis 4prozentiger Wahrscheinlichkeit an Diabetes erkranken.

Typ-II-Diabetes:

- Die Geschwister von Diabetikern werden mit 20- bis 40prozentiger Wahrscheinlichkeit auch erkranken.
- Kinder, deren Vater *oder* Mutter zuckerkrank sind, werden mit 25- bis 50prozentiger Wahrscheinlichkeit an Diabetes erkranken.

Patient und Arzt

Wie finde ich den richtigen Arzt?

In allen Berufen gibt es Spezialisten

Keiner wundert sich darüber, daß ihm während seiner Schulzeit gute und schlechte Lehrer begegnet sind. Jeder hält es für normal, daß er es mal mit guten, mal mit weniger guten Handwerkern zu tun bekommt.

Bei Ärzten gibt es aber offenbar immer noch eine heilige, irrationale Scheu. Ärzten unterstellt man nur allzu bereitwillig, daß sie »es schließlich wissen müssen«.

Um Mißverständnissen vorzubeugen: Hier soll nicht einem generellen Mißtrauen gegen Ärzte das Wort geredet werden.

Ein Diabetes-Spezialist muß es sein!

Aber ein Diabetiker muß sich schon sehr sicher sein, daß der Arzt seines Vertrauens etwas von Diabetes versteht. Es praktizieren eben auch Mediziner, die sich auf vielerlei gut verstehen, von Zuckerkrankheit aber kaum das Nötigste wissen.

Der Weg zum richtigen Arzt

Es gibt für den Patienten ein paar Prüfsteine, an denen sich erweist, welchem Arzt man sich sorgenfrei anvertrauen kann:

- Es empfiehlt sich, in Erfahrung zu bringen, ob ein Arzt — etwa in einer Klinik — Erfahrungen mit Diabetes sammeln konnte. Wer hindert uns, direkt zu fragen? Würden Sie einen Bergführer wählen, wenn Sie nicht sicher sind, daß der Mann schon mal ein Seil in der Hand hatte und eine Regenwolke von einem aufziehenden Unwetter unterscheiden kann? Wer seinen Medizinmann nicht direkt auf den Kopf zu fragen mag, wird sich bei anderen Diabetikern erkundigen, ob sie erfahrene Ärzte kennen.

- Ein Arzt bzw. eine Klinik muß bereit sein, *gemeinsam* mit dem Patienten einen Behandlungsplan zu erarbeiten. Wer seinen Patienten entmündigt, hat nichts von den psychischen Mechanismen eines erfolgreichen Umgangs mit der Krankheit begriffen.

- Ein Arzt sollte einem mindestens sagen können, wo man sich in puncto Diät schulen lassen kann. Er muß fähig sein, seine Diabetespatienten hinsichtlich Zuckerschwankungen und Selbstkontrolle zu unterrichten.

- Es klingt selbstverständlich, aber es wird häufig geringgeachtet: Es muß Vertrauen herrschen zwischen Patient und Arzt. Wenn sich ein Arzt nicht einmal die Zeit nimmt, die selbstgemessenen Werte und Beobachtungen eines Patienten zu besprechen, ist das ein hinreichendes Indiz dafür, daß er nicht einmal die Grundlage einer erfolgreichen Diabetes-Einstellung begriffen hat: enge Zusammenarbeit zwischen Patient und Arzt.

Arzt? Wieso, mir geht's doch gerade ganz gut!

Gedanken von Wolfgang Delekat, Insuliner, erstveröffentlicht im »Insuliner«, Nr. 8/1986. Der Beitrag wurde leicht gekürzt und geringfügig bearbeitet.

Ob wir unseren Diabetes nun vier Jahre haben oder vierzig, hin und wieder müssen wir zum Arzt. Wir brauchen Teststäbchen, Tabletten, Insulin, Spritzen. Manchmal spielt auch der Zucker wieder verrückt, oder wir haben andere Probleme, die mit der Krankheit nichts zu tun haben.

Einerlei — wenn der Arzt gut ist, wird er sich immer nach dem Zucker erkundigen, ein Tagesprofil vorschlagen, nach dem Selbstkontrollheft fragen, sich das Notzuckerstückchen zeigen lassen oder für einen wieder fälligen HbA1-Wert Blut abnehmen. Wie gesagt: Wenn er gut ist, andernfalls auch nicht. Unser Diabetes, das ist wie beim Finanzamt. Es kann lange gutgehen, ehe die was merken. Aber eines ausgesprochen unschönen Tages liegt dann unverhofft ein Bescheid im Briefkasten. Und dann ist alles zu spät. Unser Diabetes ist sanft, unauffällig, still und — heimtückisch.

Wieso? Seien wir ehrlich, wir haben doch alle schon mal was davon gehört: Spätschäden. Oder? Betrifft Sie nicht ??!

Wenn nun aber doch die gelbe Binde mit den drei schwarzen Punkten her muß, oder das eine Bein ab — wer ist dann eigentlich schuld? Wer trägt dann die Verantwortung?

Muß etwa der Arzt dafür geradestehen, wenn die Schäden kommen?

Die Frage zu beantworten erfordert einen kleinen Anlauf. Zunächst einmal: Diabetes behandeln, was heißt denn das? Doch nichts weiter als das lebenslange Bestreben, den Blutzucker zwischen 70 und 160 mg/Prozent zu halten.
Ob das gelingt, hängt davon ab, wieviel, wann und was wir essen, ob wir uns bewegen oder aufregen. Tabletten oder Insulin spielen bei einigen von uns zusätzlich eine Rolle.

Nun sind wir keine Ölscheichs, die sich einen Leibarzt und einen Leibkoch leisten können, die sie auf Schritt und Tritt begleiten, alle notwendigen Spritzen machen und die Diät abwiegen. Für den jeweils richtigen Blutzucker müssen wir wohl oder übel immer selber sorgen.
Richtig zu dosieren (Essen, Insulin, Tabletten, Bewegung), das ist, seit es Teststäbchen gibt, für jeden möglich geworden und seither nicht mehr allein Sache des Arztes.

Es liegt in unserer eigenen Verantwortung, ganz einfach deswegen, weil der Arzt ja nie dabei ist, wenn wir essen, arbeiten, spritzen oder uns ärgern. Keiner soll etwas verantworten, was er gar nicht beeinflussen kann.

So weit, so gut; aber was schuldet denn der Arzt uns Diabetikern, wofür ist er *verantwortlich? Für gar nichts?*
Doch: Er muß

— *bei jedem seiner bisher »gesunden« Patienten erhöhte Blutzuckerwerte rechtzeitig erkennen,*
— *dafür sorgen, daß seine Diabetiker ihren Blutzucker auch fachgerecht »führen« können. Dazu muß er ihnen das notwendige Wissen vermitteln. Wenn er das nicht kann, muß er dafür sorgen, daß es andernorts geschieht. Mit ein paar warmen Worten in der Sprechstunde ist das allerdings nicht getan. Intensive Schulung ist unverzichtbar,*

- *uns so viele Teststäbchen rezeptieren, wie wir brauchen (sofern ihn nicht Norbert Blüm daran hindert),*
- *alles tun, um Spätschäden rechtzeitig zu erkennen.*

Allerdings, mit der Diabetikerschulung ist es nicht so einfach, wie es sich anhört. Die meisten Diabetiker sehen nämlich nicht ein, daß sie überhaupt etwas tun müssen. Aber die Ausrede vieler Ärzte (»Die tun ja doch nicht, was man ihnen sagt«) darf man nicht gelten lasen.

Von einem guten Arzt muß man verlangen, daß er nicht lockerläßt, daß er auf Schulung und Information seines Patienten besteht.

Der DEUTSCHE DIABETIKER-BUND kann Auskunft darüber geben, wo und wann Schulungskurse stattfinden.

Reisetips für Diabetiker

An was muß ich denken?

Der Diabetiker muß den Urlaub planen

Sehen wir mal von der nicht eben kleinen Gruppe von Reisenden ab, die sich weit von zu Hause fortbegeben, damit am Urlaubsort alles genauso ist wie zu Hause: Dosenbier, Schnitzel, Sahnetorte.

Die meisten entfliehen dem täglichen Trott, damit sie das »Andere« inspiriert, anregt, erfreut.
Das gilt auch für Diabetiker, aber eben nicht so ganz ohne Wenn und Aber. Für Zuckerkranke birgt es gewisse Gefahren, wenn gewohnte Wege plötzlich anders verlaufen. Dinge, die sonst schnell und fast reflexmäßig ablaufen, erfordern jetzt Planung und Konzentration.

WAS MAN SICH VORHER ÜBERLEGEN SOLLTE:

- Wieviel Insulin (bzw. Tabletten) brauche ich?
- Eventuell bei Fahrten in heiße Länder: Kühlbox für Insulin mitnehmen!
- Blutzucker-Teststreifen und Harnzucker-Teststreifen nicht vergessen!
- Ganz wichtig: Aceton-Teststreifen (siehe Bemerkungen zu Infekten am Ende dieser Aufzählung)
- Genügend Lanzetten zur Blutentnahme einpacken!
- Uhr mit Sekundenzeiger ist wichtig.
- Spritzen und Nadeln (man verschätzt sich leicht!)
- Umrechnungstabellen nicht vergessen und überprüfen,

ob sie auch die landestypische Nahrung des Zielortes enthalten.

- Glucagon (Notfallspritze) greifbar im Handgepäck deponieren.
- Haltbare Reserve-BE (Kekse), Traubenzucker ebenfalls gut zugänglich verstauen.
- Internationaler Diabetikerausweis (beim Arzt oder beim Deutschen Diabetiker-Bund zu erhalten).
- Adresse von Botschaften und Konsulaten, falls möglich auch von medizinischen Einrichtungen, die sich mit Diabetes auskennen.
- Wer sich im Urlaub infiziert (Erbrechen, Durchfall) und deshalb keine Nahrung mehr zu sich nehmen kann, darf nur die Hälfte der üblichen Dosis an Verzögerungsinsulin spritzen. Mindestens alle vier Stunden den Blutzucker überprüfen und gegebenenfalls mit *Normalinsulin* ausgleichen! Wer sehr viel Flüssigkeit verliert, ist in Gefahr, daß der Acetongehalt in seinem Körper gefährlich ansteigt. In diesem Fall muß auch im Ausland ein Arzt konsultiert werden.
- Auch wenn man noch so erschöpft und müde ist, gilt im Ausland das besonders, was prinzipiell immer richtig ist: Zucker prüfen! Alle Infekte können bei Diabetikern zu Stoffwechselentgleisungen führen.

WER LÄNGERE STRECKEN MIT DEM AUTO ZURÜCKLEGEN WILL, SOLLTE AN FOLGENDES DENKEN:

- Es muß immer eine ausreichende Menge rasch wirkender Kohlenhydrate griffbereit im Wagen liegen (zum Beispiel

Würfel- oder Traubenzucker. Eine Dose Cola enthält ebenfalls viel Zucker).

- Wenn sich während der Fahrt erste Anzeichen eines hypoglykämischen Schocks bemerkbar machen, *sofort* anhalten, den Blutzucker überprüfen und gegebenenfalls etwas essen. Die Fälle sind Legion, daß Diabetiker sich noch schnell in sichere Gefilde, ins nächste Hotel oder nach Hause retten wollten, um dann dort den Zucker in den Griff zu bekommen. Ein Vorhaben, das sich dann leicht ein für allemal erübrigt.

- Während längerer Fahrten alle zwei Stunden den Blutzucker überprüfen.

- Auch hohe Zuckerwerte können die Konzentration während der Fahrt beeinträchtigen.

Leben auf Pump(e)
Erfahrungen mit der Insulinpumpe

Leben auf Pump(e)

Manchmal frage ich mich: Wer außer den Diabetikern (und vielleicht den Versicherungen) kann eigentlich ein Interesse daran haben, daß die Zuckerkrankheit endgültig besiegt wird? Es ist mir nicht gelungen, in Zusammenhang mit dieser Frage absolut hieb- und stichfeste Zahlen zu ermitteln. Aber eines ist sicher: Diabetes ist ein Millionengeschäft — für Medikamentenhersteller, für die Verkäufer diverser Spezialdiäten, für Spritzenfabrikanten.
Die von dieser Krankheit leben, müssen bisher weniger als andere »Spezialisten« fürchten, daß eine Basisentdeckung das Gerechne mit Broteinheiten überflüssig macht — und sie brotlos.
Ich will keinesfalls behaupten, daß die Forschung hier absichtsvoll im Kriechgang fährt. Es gibt durchaus Entwicklungen, die Hoffnung machen. Dennoch: Es dürfte ruhig etwas mehr sein!

Das Thema »Pumpe« war die letzten Jahre mein *Thema, verwoben in ein Knäuel anderer Probleme. Meine Ehe unterschied sich nicht von den meisten, das heißt, irgendwann gab es massive Schwierigkeiten. Ich begann nachts wieder sehr häufig und stark zu schocken. Der Gedanke, daß mein Mann sich von mir trennen könnte, machte mir Panik. Ich wußte nicht, wie ich allein leben sollte. Erstens brauchte ich jemanden, der nachsah, ob ich morgens noch bei Sinnen war, und zweitens .... Irgendwann beschloß ich, die Flucht nach vorn anzutreten. Ich wollte etwas ganz Eigenes beginnen und eröffnete einen Naturkostladen. So hatte ich das Gefühl, nicht nur auf erträgliche Zukunft hoffen zu müssen, ich konnte selbst darauf hinarbeiten. Ich mußte einen Laden finden, Geld auftreiben und einige Prüfungen ablegen.*

Unter anderem gab es da eine sogenannte Milchprüfung, die ich bestehen mußte, um einen Laden eröffnen zu dürfen. Bei diesem Milchkurs lernte ich einen jungen Mann kennen, der, wie sich bald herausstellte, ebenfalls Diabetiker war. Wir saßen in der Mittagspause gemeinsam im Biergarten und unterhielten uns, als ich plötzlich bemerkte, daß dieser junge Mann etwas aus der Tasche nahm, das aussah wie ein kleiner Taschencomputer. Er tippte etwas ein und trank dann in aller Seelenruhe ein Bier.

Neugierig fragte ich ihn, was denn das für eine Maschine sei. Das war meine erste Begegnung mit einer Insulinpumpe. Mein Interesse war natürlich sofort erwacht! Ich ließ mir genau erklären, wie dieses Gerät funktioniert. Er zeigte mir einen dünnen Schlauch und erklärte mir, daß dieser über eine Nadel in den Bauch münde. (»Nein, das tut überhaupt nicht weh!«)

Wir haben uns dann abends noch einmal getroffen, und er hat mir mehr über diese Pumpe erzählt, über das Prinzip, mit Altinsulin zu spritzen, über Basal und Bolus und was eben so alles damit zusammenhängt. Er erklärte mir genau die Vorteile der Pumpe. Ich wußte, daß er Junggeselle war, und fragte ihn dann, ob die Pumpe ihm im Bett nicht von Fall zu Fall im Wege sei. Er erklärte mir daraufhin lakonisch: Eine Frau, die ihn mit dieser Pumpe nicht wolle, könne ihm gestohlen bleiben! Er gab mir eine Adresse von einem Diabeteszentrum in Ulm, wo er auf die Pumpe eingestellt worden war.

Bei einem gemeinsamen Abendessen mit Freunden erzählte ich begeistert von dieser Wunderpumpe, und plötzlich fügte sich ein Teil zum anderen. Ein Freund, Arzt in München, kannte eine Diabetesspezialistin in Düsseldorf, die mir in Sachen Pumpe weiterhelfen konnte. Sie informierte mich über die Details, über Sicherheitsstandards und Funktionsprinzipien. Von ihr erfuhr ich auch vom Diabeteszentrum in München-Bogenhausen, Spezialisten der Pumpentherapie.

Das war für mich eine großartige Entdeckung! Ich hatte das Gefühl, endlich eine Form der Therapie gefunden zu haben, die dem körpereigenen System in etwa gleichkam. Mir war klar, daß ich mit Altinsulin nicht so schwer und nicht so lange schocken würde.
Kurze Zeit nach dem ersten Gespräch in der Klinik ließ ich mich stationär aufnehmen, um die Pumpentherapie zu erlernen. In diesem Krankenhaus fühlte ich mich rundum wohl. Diese Behandlung wurde mir nicht einfach aufgedrückt. Ich hatte das Gefühl, in die Therapie wirklich einbezogen zu sein.

An die ersten Nächte im Krankenhaus erinnere ich mich noch gut. Unzählige Male wachte ich auf, weil ich Angst hatte, die Nadel könnte mir aus dem Bauch rutschen — aber die saß stabil an ihrem Platz.

Ich trug die Pumpe an einem Gürtel um den Bauch, in den ersten Monaten auch nachts. Der Umgang mit dem Apparat war problemlos zu erlernen. Meine Zuckerwerte wurden mit dieser künstlichen Bauchspeicheldrüse wunderbar ausgeglichen. Ich fühlte mich fit und vital und bekam ganz neue Kraft und Energie, neue Ideen zu entwickeln.
Was die Pumpe wirklich für mich bedeutete, kann wahrscheinlich nur jemand nachempfinden, der wie ich fast ständig von der Hilfe anderer abhängig war.
Nur über zwei Punkte war ich nicht besonders glücklich: Die Pumpe war nicht gerade ein schmückendes Zubehör an meinem Bauch — und dann war da die Sorge, wie mein Mann oder überhaupt ein Mann im Bett auf diese Pumpe reagieren würde.

Wieder zu Hause, erklärte mein Mann mir sofort, ihn störe die Pumpe überhaupt nicht! Er meinte es ehrlich, aber mir fiel

schwer, ihm zu glauben, zumal ich selbst mit dem Kästchen meine Schwierigkeiten hatte.
Meine Freunde und Bekannten reagierten durchweg positiv auf meine neue Errungenschaft. Sie waren begeistert von den Fortschritten der Medizin und ermutigten mich, meine neue Freiheit nach Kräften zu genießen. Das habe ich dann auch getan! Ab und zu hatte ich zwar auch mit dieser Pumpe noch Schocks, aber sie waren viel schwächer. Vor allen Dingen bemerkte ich sie rechtzeitig und konnte sie abfangen.

Das Schönste für mich war, daß ich nicht mehr dazu verdammt war, zu essen, wenn ich keinen Appetit hatte. Ich konnte zum ersten Mal in meinem Leben — in meinem Diabetikerleben — so viel oder so wenig essen, wie ich Lust hatte. Es genügte, wenn ich mir eine halbe Stunde vor der Mahlzeit überlegte, wieviel Hunger ich eigentlich hatte.
In den ersten Monaten wagte ich noch nicht, die Pumpe beim Schlafen einfach neben mich ins Bett zu legen. Ich habe sie auch nachts ständig an einem Gürtel getragen. Und dann mußte ich natürlich meine Garderobe umstellen: Einteilige Kleidungsstücke waren out; wo hätte ich die Pumpe befestigen sollen? Ich stellte meine Kleidung eben um und trug zweiteilige Sachen, zu denen man unauffällig einen Gürtel — nebst Pumpe — tragen konnte. Bald gehörte das kleine Kästchen wie selbstverständlich zu meinem Alltag. Mein früheres kompliziertes Leben mit Verzögerungsinsulin kam mir ganz unwirklich vor.
Nachdem ich die Pumpe etwa zwei Monate hatte, fuhr ich mit einer Gruppe von Freunden zu einem Weihnachtsmarkt, ungefähr 100 Kilometer von München entfernt. Wir gingen essen, und ich gab mir die benötigte Insulinmenge per Pumpe ein. So nach zwei, drei Stunden wurde mir übel, ich bekam furchtbaren Durst. Ich prüfte sofort mit einem Stick meinen Zucker:

Der lag fast bei 400. Das Insulinreservoir war leer! Ich hatte ganz einfach vor meiner Abfahrt vergessen, den Insulinvorrat zu kontrollieren. In größter Eile fuhren wir nach Hause, damit ich meinen »Tank« wieder auffüllen konnte.

Meine Lektion aus dieser Panne habe ich gelernt. Von nun an hatte ich immer mein Ersatzteillager bei mir: genügend Insulin, einen Ersatzkatheter (es konnte immerhin passieren, daß der Schlauch verstopfte) und ausreichend Zuckersticks. Das Wichtigste von allem: Ich hatte für Notfälle immer die verschmähte alte Spritze dabei, falls die Pumpe einmal versagen sollte. All diese Eventualitäten waren uns zwar auch in der Schulung eingetrichtert worden, aber ich hatte sie in der ersten Begeisterung einfach verdrängt.

In diese Zeit guter körperlicher Konstitution fiel (Glück im Unglück!) die Trennung von meinem Mann — die ohne gegenseitige Schuldzuweisungen, fast harmonisch verlief. Dennoch bedeutete Trennung Streß — und Streß ist für Diabetiker, mehr noch als für Menschen mit funktionsfähiger Bauchspeicheldrüse, ein sehr bedenklicher Zustand. Wir drei *haben die Situation wohl ehrenvoll bewältigt: er, ich und die Pumpe.*

Kurze Zeit später lernte ich einen anderen Mann kennen. Nun ergab sich das erste Mal für mich das Problem, mich mit Pumpe einem Mann zu zeigen, den ich nicht so gut kannte und dessen Reaktionen ich folglich auch kaum abschätzen konnte.

Ich muß gestehen, ich war beim ersten Mal höllisch aufgeregt. Ich hatte ihn zwar gewarnt, daß da etwas zwischen uns treten könnte, oder genauer: zwischen uns zu liegen kommen könnte. Es blieb dennoch Lampenfieber.
Mir half schließlich die Erinnerung an den selbstbewußten

Spruch aus dem Biergarten: Wer mich mit der Pumpe nicht will, kann mir gestohlen bleiben.

Selbstvertrauen färbt ab. Diese erste intime Erfahrung, die sehr schön verlief, war entscheidend für mich. Hätte er sich ängstlich oder abgestoßen zurückgezogen, wäre sicher mein Mut zerbrochen, mich trotz der Pumpe schön zu finden. Ich habe seither nie die Erfahrung gemacht, daß einen Mann die Pumpe gestört hätte.

In der Klinik trafen sich die Pumpenträger regelmäßig. Es wurden ganz allgemeine Diabetes-Probleme besprochen, aber es ging auch um Fragen der Partnerschaft.

Schon bald hatte ich keine Angst mehr, die Pumpe nachts einfach neben mich zu legen: Ich brauchte keinen Gürtel mehr. Ich sagte mir einfach, daß nicht mehr passieren konnte, als daß die Nadel aus dem Bauch rutscht. Das war kein großes Problem, ein kurzer Pieks, ein Heftpflaster und weiterschlafen!

Das »gepumpte« Glück währte allerdings nicht sehr lange. Am Ende des ersten Jahres mit der externen Pumpe bekam ich Schwierigkeiten. Dort, wo die Nadel im Bauch steckte, verhärtete sich das Gewebe stark. Die Haut rötete sich, die Nadel war oft von Blut verstopft. Das Insulin konnte an den verhärteten Stellen nicht mehr ungehindert eindringen und wirkte dementsprechend verzögert. Die Folge: Mein Zucker schwankte wieder mehr, und ich fühlte mich nicht mehr wohl.

Gerade als ich mich mit dem Gedanken quälte, mich wieder an die ungeliebte Spritze zu hängen, kam ein Anruf von der Klinik: Es gäbe da neuerdings eine implantierbare Pumpe. Der

Katheter läge direkt im Bauch, mit anderen Worten: das Insulin wirkte sehr viel schneller und besser.

Ich ließ mir diese Pumpe einpflanzen und fühlte mich daraufhin wie neu geboren. Ich mußte das Insulin erst direkt zum Essen abrufen. Die Pumpe gab, genauso wie die externe Pumpe, eine Basalrate für den Tag verteilt ab. Zu den Mahlzeiten hatte ich dann ein Gerät, mit dem ich von außen die implantierte Pumpe nach Bedarf programmieren konnte.

Meine Familie war zunächst skeptisch und gab zu bedenken, dieses neue Pumpenmodell sei vielleicht noch nicht genügend ausgereift. Auch wenn sie möglicherweise recht hatten: Ich hatte irgendwie Vertrauen zu dieser neuen Technik. Vielleicht war es auch nur die Angst, die neugewonnene Freiheit wieder aufgeben zu müssen. Ganz wichtig für mein Vorschußvertrauen war, daß die Pumpe Sicherheitsvorkehrungen hatte: Sie verhinderten, daß durch einen Bedienungsfehler die ganze Insulinration auf einmal abgegeben werden konnte.

Diese implantierten Pumpen arbeiten mit einem speziellen, hochgereinigten Insulin, das nicht so leicht ausflockt wie das herkömmliche.

Die Pumpe funktionierte ein Jahr lang hervorragend. Der einzige Nachteil war, daß ich alle zwei bis drei Wochen in die Klinik mußte, um das Insulinreservoir auffüllen zu lassen. Aber auch das funktionierte denkbar einfach: Das Insulin wurde mit einer Spritze durch die Bauchhaut und die darunterliegende Membran in den Vorratsbehälter gespritzt. Man kann diese Membran von außen erfühlen.

Ich hatte mich allerdings auch verpflichtet, als medizinisches Versuchskaninchen bestimmte Untersuchungsreihen über

mich ergehen zu lassen — das Projekt »implantierte Pumpe« war noch im Teststadium.
Mit der neuen Pumpe brauchte ich viel weniger Insulin, und es wirkte besser und intensiver. Mein Zucker war im allgemeinen so gut eingestellt, daß ich auf Schwankungen viel sensibler reagierte. Schon wenn ich ausnahmsweise mal einen Wert über 200 hatte, spürte ich das sofort und bekam starken Durst.
Mit dieser implantierten Pumpe schockte ich noch sehr viel weniger als mit ihrem Vorgängermodell. Wenn ich dennoch Schocks bekam, bemerkte ich sie rechtzeitig. In diesem Jahr fühlte ich mich zum Bäume-Ausreißen.
Es lief alles so glatt, daß ich gar nicht mehr damit rechnete, es könnte irgendwann etwas schiefgehen. Eines Morgens stellte ich fest, daß mein Zucker auf über 300 hochgeschnellt war. Ich fand das sonderbar. Schließlich hatte ich keinen Diätfehler gemacht. Ich rief entsprechend Insulin ab und testete nach einer Stunde noch einmal meinen Zucker. Mir wurde immer schlechter, ich begann zu zittern und fühlte mich »völlig daneben«.
Nach einer Stunde war der Zucker bereits auf 430 gestiegen. Ich war so erschrocken und verwirrt, daß ich nicht mehr richtig reagierte. Ich fühlte mich das erste Mal wieder so furchtbar schlecht, daß ich nicht mehr in der Lage war, sinnvolle Schritte zu unternehmen. Wieder und wieder habe ich versucht, Insulin abzurufen, aber nichts geschah. Der Zucker stieg unaufhaltsam und mit ihm das Aceton.

Irgendwann muß ich wohl doch noch auf die Idee gekommen sein, einen befreundeten Arzt anzurufen. Der kam vorbei, spritzte sofort intravenös Insulin und brachte mich ins Krankenhaus. Dort kam ich für ein paar Stunden an den Tropf. Mein Zustand besserte sich schnell wieder, aber damit war das Problem ja nicht behoben. Irgendwas stimmte nicht mit der

Pumpe. Die Untersuchung ergab, daß das Gerät selbst zwar einwandfrei funktionierte, aber irgendwie kam das Insulin nicht im Bauch an. Das konnte nur bedeuten, daß der Schlauch verstopft war. Der behandelnde Arzt zog das Insulin aus der Pumpe und ersetzte es durch eine Pufferlösung (eine körperverträgliche Neutrallösung). Man hoffte, daß der Katheter wieder durchgespült würde.

Für mich brach in diesen Tagen eine Welt zusammen. Ich konnte mir nicht vorstellen, wieder zu spritzen oder eine externe Pumpe zu benutzen. Ich war in diesem Jahr von der implantierten Insulinpumpe so verwöhnt, daß jede andere Therapieform für mich einen Rückschritt bedeutete hätte.

Nach kurzem Klinikaufenthalt stellte sich heraus, daß die Pufferlösung den Schlauch auch nicht durchgängig gemacht hatte. Ich spritzte anfangs Insulin wie früher und bekam wieder eine externe Pumpe. Die Ärzte in der Klinik schlugen mir vor, einen neuen Katheter an die Pumpe setzen zu lassen. Dies bedeutete aber eine erneute Operation — kein angenehmer Gedanke. Und zwei, höchstens drei Jahre später wäre die nächste Operation fällig gewesen, denn länger würden die Batterien der Pumpe nicht halten.
Aber ich wünschte mir so sehr die Freiheit des vergangenen Jahres zurück, daß ich mich zwei Monate später doch operieren ließ. Der Katheter war nur in einem kleinen Teilstück verstopft. Dieses Teilstück konnte man herausnehmen, und die Pumpe funktionierte wieder.
Zwei Monate lang ging es mir wieder hervorragend, aber dann trat derselbe Störfall wieder auf. Ich war bei Freunden zu Besuch und merkte, daß ich morgens einen hohen Zuckerwert hatte. Ich wußte genau, daß ich am Abend vorher nicht zuviel gegessen hatte, und mir war sofort klar, daß der Schlauch wie-

der verstopft war. Diesmal habe ich sofort Insulin gespritzt und nicht erst versucht, vielleicht doch noch die Pumpe »umzustimmen«. Ich war vollkommen zerschlagen und wollte es einfach nicht wahrhaben. Diesmal war mir klar, daß auch eine Operation nichts bringen würde, denn ich konnte mich schließlich nicht alle zwei Monate auf den OP-Tisch legen.

Ich lebte dann wieder mit einer externen Pumpe, aber auch das ging nicht lange gut. Ich hatte nur noch eine Bauchseite, wo ich die Nadel einstechen konnte. In kürzester Zeit bildeten sich wieder Verhärtungen, das Insulin wirkte oft erst mit großer Verzögerung und der Zucker schwankte entsprechend stark.

Momentan wechsle ich zwischen Pumpe und intensivierter Insulintherapie. Alles in allem ist das aber für mich nur eine Notlösung. Ich hoffe sehr, daß es demnächst eine neue, bessere implantierbare Pumpe gibt.

Meine Kinder, sie sind inzwischen 8 und 10 Jahre alt, haben die Zwischenfälle mit der Pumpe natürlich miterlebt. Sie merkten schnell, daß es mir mit dem externen Gerät oder der Insulintherapie lange nicht so gut geht wie mit der implantierten Pumpe. Ich war wegen der unausgeglichenen Zuckerwerte oft müde und kaputt und hatte keine Lust, mich um irgendwas zu kümmern. Meine ältere Tochter sorgt sich oft um mich, und ich frage mich dann manchmal, ob ich die Kinder durch meine Krankheit nicht überlaste.

Ich denke nicht, ich habe die Erfahrung gemacht, daß sie mein Selbstvertrauen ermutigt. Schon das zwingt mich zum Optimismus.

Der Deutsche Diabetiker-Bund (DDB)

Der Deutsche Diabetiker-Bund (DDB)

hat derzeit etwa 15000 zahlende Mitglieder (Jahresbeitrag 36 Mark).
Mitglieder bekommen das »Diabetes-Journal« statt für 53,60 Mark für 37 Mark (Jahresabonnement).
Das Diabetes-Journal ist nicht das Vereinsblatt des DDB, es wird von der Deutschen Diabetes-Gesellschaft, der Vereinigung der Diabetologen, und dem DDB gestaltet.
Es bietet Informationen über neuere Entwicklungen aus den Bereichen Medizin, Vorsorge, Recht, Soziales und so weiter.
Ferner: Hinweise auf Veranstaltungen und Anzeigen.

Der DDB wurde 1951 gegründet und ist in den Bundesländern und West-Berlin jeweils mit einem selbständigen Landesverband vertreten.
Er ist Mitglied bei Spitzenverbänden der Deutschen Wohlfahrtspflege wie dem Deutschen Paritätischen Wohlfahrtsverband, beim Bundesverband für Gesundheitserziehung und bei der Bundesarbeitsgemeinschaft »Hilfe für Behinderte«.

Im DDB sind mehrere Mitgliedsorganisationen zusammengeschlossen, die sich mit speziellen Fragen und Problemen des Diabetes befassen:
— Förderkreis Eltern diabetischer Kinder
— Arbeitskreis der Pankreatektomierten
— Bundesverband der Insulinpumpenträger
— Berliner Förderkreis junger Diabetiker
— Jumbo-Reisen für Diabetiker.

Der DDB organisiert Vorträge, Schulungen und andere Aktivitäten, wie zum Beispiel den Deutschen Diabetikertag, der jährlich in einer anderen deutschen Stadt veranstaltet wird. Dort werden neuere Entwicklungen und Trends vorgestellt.

Als sein Hauptanliegen definiert der DDB, »Hilfe zur Selbsthilfe zu schaffen«. Er will helfen, Patienten mündig zu machen.

Insulin — ein Politikum?

Aktueller Kampf des DDB und anderer Initiativen: Das Arzneimittel-Kostendämpfungsgesetz sieht vor, daß Blut- und Harnzuckerteststreifen künftig nicht mehr von den Kassen gezahlt werden.
Das ist, nicht nur nach Auffassung des DDB, ein kapitales Eigentor. Ohne diese Hilfsmittel kann kein Diabetiker aussichtsreiche Selbstkontrolle betreiben. Die Folge: Der Patient wird um so leichter zum teuren Pflegefall.
Das gleiche Gesetz drängt die Ärzte, nur noch billige Insuline auszuwählen, was die Befürchtung aufkommen läßt, daß die Insulinvielfalt auf dem Markt eingeschränkt wird. Auch das ein Anschlag auf die Gesundheit von Zuckerkranken; nicht für jeden Patienten sind diese Insuline geeignet.

Adressen der Bundesgeschäftsstelle und der Landesverbände, die über lokale Aktivitäten Auskunft geben können:

Deutscher Diabetiker-Bund e. V.
Bundesgeschäftsstelle
Lilienthalstraße 21
4650 Gelsenkirchen
Tel.: 0209-4 50 88

Landesverband Baden-Württemberg e. V.
Grillparzerstraße 4
Postfach 210 304
7500 Karlsruhe 21
Tel.: 0721-85 61 85

Landesverband Bayern e. V.
Museumsstraße 4 a
8930 Schwabmünchen
Tel.: 0 82 32-2097

Landesverband Berlin e. V.
Mittelstraße 2
1000 Berlin 20
Tel.: 030-3 35 53 88

Landesverband Bremen e. V.
Körnerstraße 9
2850 Bremerhaven-Lehe
Tel.: 0471-4 24 29

Landesverband Hamburg e. V.
Bei der Matthäuskirche 4
2000 Hamburg 20
Tel.: 040-2 79 10 21

Landesverband Hessen e. V.
Terrassenstraße 8
6350 Bad Nauheim
Tel.: 0 60 32-3 38 38

Landesverband Niedersachsen e. V.
Gretchenstraße 30
3000 Hannover 1
Tel.: 0511-31 70 04

Landesverband Nordrhein-Westfalen e. V.
Lilienthalstraße 21
4650 Gelsenkirchen
Tel.: 0209-4 50 88

Landesverband Rheinland-Pfalz e. V.
(siehe Bundesgeschäftsstelle)

Landesverband Saarland e. V.
Hülzweilerstraße 35
6630 Saarlouis
Tel.: 0 68 31-8 19 91

Landesverband Schleswig-Holstein e. V.
Hörn 10
2306 Krokau
Tel.: 0 43 44-2103

Mitgliedsorganisationen:

Arbeitskreis der Pankreatektomierten e. V.
Ostpreußenallee 8
4047 Dormagen 1
Tel.: 0 21 06-4 23 29

Förderkreis Eltern diabetischer Kinder und Jugendlicher e. V.
Ochsenberg 23
6750 Kaiserslautern 28
Tel.: 0631-4 24 22

Berliner Fördergemeinschaft junger Diabetiker e. V.
Postfach 200 843
1000 Berlin 20
Tel.: 030-3 62 39 38

Bundesverband der Insulinpumpenträger e. V.
Reinekestraße 31
5000 Köln 90
Tel.: 0 22 03-2 58 62

Jumbo-Reisen für Diabetiker e. V.
Hermannstraße 4
4900 Herford
Tel.: 0 52 21-5 80 92

Die Insuliner

Hilfe heißt für Diabetiker zuallererst Selbsthilfe. Es gibt einen Zusammenschluß von Diabetikern, die dieses Prinzip in den Mittelpunkt ihrer Bemühungen gestellt haben: »Die Insuliner«.

Im Gespräch entwickelte die Redaktionsvorsitzende der gleichnamigen Zeitschrift, Anneliese Kuhn-Prinz, die Prinzipien der »Selbsthelfer«.

Frage:
Frau Kuhn-Prinz, »die Insuliner« — was ist das für eine Organisation?

Antwort:
Wir sind eigentlich gar keine Organisation, wir erheben ja auch keinen Mitgliedsbeitrag. Wir sind ein lockerer Zusammenschluß von Selbsthilfegruppen aus dem ganzen Bundesgebiet.

Frage:
Wie viele gibt es?

Antwort:
So zwischen 40 und 50 — wobei sich die einzelnen Gruppen voneinander unterscheiden können.

Frage:
. . . unterscheiden, in dem, was sie tun?

Antwort:
Ja. Manche treffen sich unregelmäßig und reden nur, tauschen Erfahrungen aus. Andere treiben gemeinsam Sport. Einige or-

ganisieren Weiterbildung, Vorträge, Schulungen, alles Dinge, die eigentlich die Aufgabe von Ärzten wären.

Frage:
Oder des Deutschen Diabetiker-Bundes (DDB)?

Antwort:
Hmmm . . . mit denen hatten wir in der Vergangenheit so unsere Probleme. Zuviel Bürokratie, zuwenig praktische Arbeit.

Frage:
. . . in der Vergangenheit, sagen Sie?

Antwort:
Ja, der DDB kämpft in letzter Zeit um eine bessere Arbeit. Es gibt inzwischen auch Insuliner-Gruppen im DDB.

Frage:
Stichwort »kämpfen«: Wie kämpfen denn die Insuliner? Stellen Sie Forderungen an die staatliche Gesundheitspolitik?

Antwort:
Wir haben zum Beispiel Eingaben zur Kostendämpfung gemacht. Was das im einzelnen bringt, läßt sich schwer sagen.

Frage:
Und wie reagiert die Öffentlichkeit?

Antwort:
Verblüffend gut. Wenn wir in unserem Heft über lokale Gesundheitsprobleme berichten oder Themen behandeln, die Ärzte und die Industrie angehen, kommt eigentlich immer ein Echo.

Frage:
Zum Beispiel?

Antwort:
Wir haben eine Pumpenstudie veröffentlicht, die viel beachtet wurde. Wir haben Kosten von Medikamenten verglichen.

Falls Sie Interesse haben, sich mit der »Insuliner«-Gruppe zusammenzusetzen, hier die Adresse:

Insuliner-Verlag
Am Heydwolf 16
3575 Kirchhain-Schönbach
Tel.: 06422-6799

zwischen 10 und 12 Uhr

Medizinische Fachausdrücke

Altersdiabetes: Typ-II-Diabetes; tritt selten vor dem 40. Lebensjahr auf.

Aceton: Fettsäure im Blut; kann auftreten bei erhöhtem Blutzucker.

Acetonämisches Koma: Bewußtlosigkeit (Vergiftung) durch zuviel Aceton im Körper.

Basalrate: Grundmenge an Insulin, die der Körper braucht, um seinen Stoffwechsel aufrechtzuerhalten.

B-Zellen: Die Zellen in der Bauchspeicheldrüse, in denen Insulin produziert wird.

Bauchspeicheldrüse: Organ, das zwei wichtige Hormone produziert: Insulin und Glucagon.

Biguanid-Präparate: Tabletten, die die Insulinwirkung verstärken.

Blutzuckersticks: Teststäbchen, mit denen sich der Glucosegehalt des Blutes messen läßt.

Blutzuckerwert: Er gibt Auskunft über den Blutzuckergehalt des Blutes und wird in Milligramm/Prozent (Milligramm pro 100 Milliliter) gemessen.

Bolusrate: Insulinmenge, die man — über die Grundrate hinaus — zur Nahrungsverwertung braucht.

Broteinheit: Maßeinheit für Kohlenhydrate in der Diabetesdiät. 1 BE entspricht 12 Gramm Kohlenhydrate.

Cholesterinwert:	Meßwert für Blutfette.
Diabetes mellitus:	Zuckerkrankheit.
Diabetisches Koma:	Bewußtlosigkeit infolge einer starken Überzuckerung.
Diät:	Ernährungsprogramm.
Glucagon:	Hormon, das die Zuckerreserven (Glykogen) aus Leber und Muskelzellen für den Körper in Glucose zurückverwandelt.
Glucose:	Traubenzucker, die »Arbeitsform« des Zuckers.
Glykogen:	Die »Speicherform« des Zuckers.
Guanidin:	Blutzuckersenkender Stoff.
Harnzuckerwert:	Gibt Auskunft über den Zuckergehalt im Urin.
HbA1-Wert:	Gibt Auskunft über die Diabetes-Einstellung der letzten drei Monate.
Hyperglykämie:	Überzuckerung des Blutes.
Hypoglykämie:	Unterzuckerung des Blutes.
Insulin:	Blutzuckersenkendes Hormon, das beim gesunden Menschen in den B-Zellen der Bauchspeicheldrüse gebildet wird.
Insulineinheit:	Eine Insulineinheit oder I. E. ist die Menge an Insulin, die bei einem 2 bis 2,5 Kilogramm schweren Kaninchen den Blutzucker nach einer Stunde auf 50 Milligramm/Prozent, nach zwei Stunden auf 60 Milligramm/Prozent bringt.
Insulinpumpe:	Computergesteuertes Gerät, das kontinuierlich Insulin an den Körper abgibt.

Intensivierte Insulintherapie:	Behandlungsmethode für Diabetiker, nach der Insulin weitgehend nach den Bedürfnissen des Patienten dosiert wird.
Insulintherapie:	Der Blutzuckergehalt des Patienten wird mit Insulin reduziert.
Jugenddiabetes:	Typ-I-Diabetes; tritt selten nach dem 40. Lebensjahr auf; ist immer ein Insulin-Mangel-Diabetes.
Ketonkörper:	Fettsäuren im Körper.
Kohlenhydrate:	Energiehaltige, chemische Verbindungen, aus einem oder mehreren Zuckerbausteinen zusammengesetzt.
Kreatinintest:	Nierenfunktionsprüfung;
Makro-Angiopathie:	Gefäßveränderung der großen und mittleren Blutgefäße.
Mikro-Angiopathie:	Gefäßveränderung der kleinsten Gefäße, der Kapillaren.
Nephropathie:	Nierenerkrankung.
Neuropathie:	Nervenerkrankung.
Normalinsulin:	Kurz wirksames Insulin (Altinsulin).
Normoglykämischer Wert:	Normaler Blutzuckerwert eines gesunden Menschen.
Retinopathie:	Netzhauterkrankung.
Schock:	Schwächeanfall bei Diabetikern mit Schweißausbruch, Zittern usw. bei Unterzuckerung.
Spätschäden:	Folgeerkrankung bei Diabetes mellitus, zum Beispiel Nierenerkrankung.

Tablettentherapie: Behandlung des Typ-II-Diabetes mit Tabletten. Für Typ-I-Diabetes ist diese Behandlungsmethode nicht möglich, da körpereigenes Insulin vorhanden sein muß.

Triglyceride: Blutfette.

Typ-I-Diabetes: Jugenddiabetes; immer ein Insulin-Mangel-Diabetes. Tritt selten nach dem 40. Lebensjahr auf.

Typ-II-Diabetes: Altersdiabetes. Tritt selten vor dem 40. Lebensjahr auf.

Verzögerungsinsulin: Insulin, das über viele Stunden wirkt, auch Depot-Insulin genannt.

Test-Antworten

Zu den Tests auf den Seiten 67, 113, 137

Richtige Antworten zu Test I:

Frage 1: b
Frage 2: a
Frage 3: a
Frage 4: b
Frage 5: a
Frage 6: a
Frage 7: b
Frage 8: b
Frage 9: b
Frage 10: a
Frage 11: b
Frage 12: b
Frage 13: a
Frage 14: b
Frage 15: a
Frage 16: b

Richtige Antworten zu Test II:

Frage 1: b
Frage 2: b
Frage 3: a
Frage 4: b
Frage 5: b
Frage 6: a
Frage 7: b
Frage 8: b

Richtige Antworten zu Test III:

Frage 1: b
Frage 2: b
Frage 3: a
Frage 4: a
Frage 5: a
Frage 6: a
Frage 7: a
Frage 8: b